日語商務會話

高見澤孟
元橋富士子 原著

王　宏　譯

鴻儒堂出版社發行

前　言

　　本書是作者繼「日本人的生活」、「日本入門」後，第三本以中級日語讀者為對象的著作，目的在於幫助讀者提高最新日文書刊的閱讀能力，從而了解日本社會的近況。

　　本書≪日語商務會話≫原文選自≪日語期刊≫（「日本語ジャーナル」）的≪活學活用商務會話術≫（「今すぐ使えるビジネス会話術」）專欄，執筆者為高見澤孟先生和元橋富士子女士。全書共25篇，每篇由正文和常用語兩部分組成。正文為連貫會話，配有譯文和注釋。注釋除了解釋語言上的疑難之處外，還包括對日本商業文化背景的介紹，這是本書的一個特點。常用語也有譯文和注釋，用於復習、補充正文，讀者不妨先不看譯文和注釋，試試自己的閱讀能力。

　　本書前2篇曾在日本財團法人霞山會發行的≪日本展望≫月刊上刊載過，後23篇則是新近譯註的。

　　由於時間緊迫，並限於譯者的所學有限，錯誤或不當之處在所難免，希望讀者批評指正。

譯注者

目　録

㈠アポイントメント（約會）…………………… 2
㈡訪問１（訪問１）……………………………12
㈢訪問２（訪問２）……………………………22
㈣オフィスを借りる（租借辦公室）…………30
㈤社員を雇う（聘用職員）……………………38
㈥口座を開く（開立銀行帳戶）………………48
㈦ビジトスランチ（工作午餐）………………56
㈧交渉する１（業務洽談１）…………………64
㈨交渉する２（業務洽談２）…………………74
㈩交渉する３（業務洽談３）…………………82
(十一)契約する（簽訂合同）…………………………92
(十二)日本企業（日本企業）…………………………93
(十三)会社の夫に電話(打電話給公司裏的丈夫)… 106
(十四)電話の応対（電話交談）………………… 112
(十五)休暇を取るⅠ（請假Ⅰ）………………… 118
(十六)休暇を取るⅡ（請假Ⅱ）………………… 126
(十七)コピー（複印）…………………………… 132
(十八)新しい職場（新的工作單位）…………… 138
(十九)出身校（畢業的學校）…………………… 144

㊀派手なスーツ（華麗的西裝）…………… 150

㊀道を聞く（問路）…………………… 158

㊀フリーアルバイター（自由打工者）…… 162

㊀外国人社員の日本語（外籍職員的日語）… 168

㊀うわさ話Ⅰ（閒話Ⅰ）………………… 174

㊀うわさ話Ⅱ（閒話Ⅱ）………………… 182

日語商務會話

（一）　アポイントメント[1]

　　アメリカのユーエス・リサーチ会社に勤
めるテリーは日本に来て間もない。テリー
は電話で，アジア証券の中田氏にアポイン
ト。ジェトロ[2]に勤める太田氏は二人の友人。

交換手：アジア証券でございます[3]。

テリー：海外事業部の中田部長，お願いしま
す[4]。

交換手：失礼ですが，どちら様でしょうか[5]。

テリー：ユーエス・リサーチのテリーです。

交換手：ユーエス・リサーチのテリー様です
ね[6]。少々，お待ちください[7]。

中田：もしもし，中田ですが……[8]。

1.アポイントメンド：約會，預約。簡稱"アポインド"。
2.ジェトロ（JETRO）：日本貿易振興會。為促進日本進出
口貿易而由日本政府出資設立的特殊法人。　　3.アジア証券
でございます：總機接到外來電話立即報出本單位名稱，一來
是提高工作效率，二來是對本單位名稱的一種宣傳。　　4.お
願いします：打電話時"人名＋尊稱＋お願いします"相當於
國語"請接某人""我要找某人"。　　5.失礼ですが，どち
ら様でしょうか："どちら様"比"どなた"或"どなた様"

(一)約會

　　特里任職於美國 US 調查公司，他才來日本不久。他打電話約請亞細亞證券公司的中田晤談。太田是他們兩人的朋友，任職於日本貿易振興會。

總機：亞細亞證券公司。

特里：請接海外業務部中田經理。

總機：對不起，請問您是哪位？

特里：我是 US 調查公司的特里。

總機：您是 US 調查公司的特里先生嗎，請等一下。

中田：喂，我是中田……

更加婉轉客氣，而且不僅問姓名，還帶有問單位的含義。打電話的人，本應先報單位名稱和姓名。如不報，總機便如此發問，或只講 " 失礼ですが… "，這時打電話的人就應該趕快補報單位、姓名。總機負責為你找到接電話的人並預先告訴他（她），是誰打來的電話。　　6.～様ですね：" ね " 用於確認（對方的姓名），意為 " 沒錯吧 "。　　7.お待ちください：請等一下。" お＋動詞連用形＋ください " 是表示尊敬的敬語句型。△どうぞお泊（と）まりください/ 請住下。　　8.中田ですが…… ：後面省去 " 何のご用（よう）でしょうか "，要求對方回答。

テリー：私¹，ユーエス・リサーチのロバート・テリーと申します。ジェトロの太田さんから部長のことを伺いまして²……。

中田：ああ³，テリーさんですか。きのう太田さんから電話があり⁴ましたよ。アメリカのマーケッティング会社の方ですね。

テリー：はい，そうです。実は⁵私ども⁶の会社が今度東京に支社を設けることになりまして⁷……。

中田：そうですって⁸ねえ。

テリー：そこで，一度，部長にお目にかかっ⁹て，私どもの事業内容をお話ししたいのですが，近いうちに¹⁰お時間をさい¹¹ていただけないでしょうか¹²。

中田：そうですか。太田さんのご紹介もありま

1.私：我。對上或鄭重其事時用"わたくし"，一般場合説"わたし"。　　2.伺いまして：聽説。這裏"伺う"是"聞く"的謙讓語。此句後面省去"電話した次第（しだい）でございます"。△お噂（うわさ）は伺っております／關於您的傳聞我聽説過。　3.ああ：表示恍然大悟的口氣。　4.電話がある：打來電話。這裏"ある"代替"来る"。　5.実は：説實在的，不瞞您説，實際是，是這樣的。可用於較難開口或者以客氣的語氣提出問題的開場白。△実はお願いがあるのですが／是這樣的，我有件事想拜託您。　6.私ども：我們。"私たち"的謙讓語。　7.～ことになりまして：用

特里：我是 US 調查公司的羅伯特・特里。日本
　　　貿易振興會的太田先生跟我提起過您……

中田：哦，是特里先生啊！昨天太田先生打電話
　　　給我了。您在美國的市場調查公司工作，是嗎？

特里：是的。是這樣的，我們公司這次決定在東
　　　京設立分公司……

中田：我聽說了。

特里：因此我想拜訪您，說明一下我們公司的業
　　　務內容。能不能請您在最近抽個空談談？

中田：嗯：有太田先生的介紹，我是想跟您見見

"まして"表示話還要講下去。"ことになった"本來表示別
人作出的決定。此句雖是本公司作出的決定，但作為事物的發
展仍可以用。△この度（たび）、福田（ふくだ）先生ご夫妻
（ふさい）のご媒酌（ばいしゃく）により、私ども二人は結
婚（けっこん）することになりました/ 經福田先生夫婦介紹，
最近我們倆決定結婚。　　　8.って：表示傳聞，說話人事先聽
說過。等於"ということだ"。　　　9.お目にかかる：拜訪您，
看您。"〔人に〕会う"的謙讓語。主要用於下對上或有求於
人的場合。△私どもの社長（しゃちょう）もお目にかかりた
いと申（もう）しております/ 我們公司董事長也說想拜訪您。
10.近いうちに：最近（只用於未來）。△近いうちに台北に
行きたいと思っております/ 我想最近到台北去。　　　11.時
間をさ（割）く：撥出時間，抽空。通常用於請別人為自己騰
出時間來做某事。　　　12.〜ていただけないでしょうか：可
否請您…。委婉的請求。△明日、一度こちらにお出（い）で
いただけないでしょうか/ 明天能不能請您到這裏來一次。

すからお会いします[1]が，今週はちょっと[2]。

テリー：私のほうはいつでもけっこうですが

……。

中田：じゃあ，来週の水曜日の午後はいかがで

すか。2時ごろからあいていますが……。

テリー：そうですか。ありがとうございます。

来週，水曜の2時に伺います[3]。

中田：じゃあ，そういうことで[4]。

テリー：ごめんください[5]。

常用語

●電話で 1

A：野村証券でございます。

B：海外事業部の林部長，お願いします。

A：失礼ですが，どちら様でしょうか。

B：ユーエス・リサーチのテリーです。

A：ユーエヌ・リサーチのテリー様ですね。

B：はい。

A：少々お待ちください。

―――――――――――――――――

1.お会いします：見面，看您。"お＋動詞連用形＋する"是
謙譲語句型。"お会いする"與"お目にかかる"都是"会う"
的謙譲語，但後者謙譲程度更大。在日本，拜訪或打電話給將
來可能有業務往來的人，最好先請熟人介紹，才不至於吃閉門

面，不過這星期不大方便。

特里：我什麼時候都可以……

中田：那麼，下星期三下午如何？我兩點以後有
　　　空……

特里：是嗎？謝謝。下星期三兩點我去拜訪您。

中田：那就這麼決定了。

特里：再見。

常用語

●打電話１

Ａ：我們是野村證券公司。

Ｂ：請接海外業務部林經理。

Ａ：對不起，請問您是哪位？

Ｂ：我是 US 調查公司的特里。

Ａ：您是 US 調查公司的特里先生嗎？

Ｂ：是的。

Ａ：請稍等一下。

羹。　　2.今週はちょっと：後面省去" 都合（つごう）が惡
いのですが "。　　3.伺います：拜訪。這裏" 伺う "是" 訪
問する "的謙讓語。△明日、お宅（たく）へ伺います／明天
到府上拜訪。　　4.そういうことで：就這樣說定。用於結束
談話的場合。後面省去" お願いします "。　　5.ごめんくだ
さい：請原諒，對不起。（拜訪或辭別時的寒喧語）（拜訪時）
有人嗎？（辭別時）我告辭了。

●電話で 2

A：はじめまして[1]。私，ユーエス・リサーチの
　　テリーと申します。

B：はい。

A：ジェトロの松下さんから部長のことを伺い
　　まして……。

B：ああ，テリーさんですか。きのう松下さん
　　から電話がありました。

A：そうですか。

●電話で 3

A：じつは，私どもの会社が東京に事務所を開
　　くことになりまして……。

B：そうですってねえ。

A：ええ，そこで，一度，事業内容をお話しし
　　たいのですが，いつか[2]会っていただけないで
　　しょうか。

B：そうですか。けっこうですよ。お会いしま
　　しょう。

●電話で 4

A：それでは，いつごろがよろしいでしょう
　　か[3]。私の方はいつでもけっこうですが……。

B：そうですか。じゃあ，来週の木曜日の午後

・ 8 ・

●打電話 2

A：我初次給您打電話。我姓特里，是 US 調查
　公司的。

B：喔。

A：日本貿易振興會的松下先生跟我提起過您。

B：哦，是特里先生啊。昨天松下先生打電話給
　我了。

A：是嗎。

●打電話 3

A：是這樣的，我們公司決定在東京設立辦事處…
　…

B：我也聽說啦。

A：所以，我想介紹一下我們公司的業務內容，
　能不能改天跟您見一次面？

B：是嗎，那好呀！我們見見面吧！

●打電話 4

A：那麼，什麼時候合適呢？我這方面什麼時候
　都可以。

B：是嗎。那麼，下星期四下午怎麼樣？

1.はじめまして：初次見面。但是如果以前沒有見過面，也可
以用於電話裏。　　2.いつか（何時か）：（未來）改日，不
久，總有一天。△いつかまたお目にかかりましょう/ 改日我
們再會吧。　　3.〜がよろしいでしょうか：…好呢？用來婉
轉地徵求對方意見。

はいかがですか。

A：はい。けっこうです。あのう[1]，何時（なんじ）ごろが
　よろしいでしょうか。

B：そうですねえ[2]。じゃあ，4時ごろいらっ
　しゃってください。

A：はい。では来週，木曜日の4時に伺います。
　どうもありがとうございました。

1.あのう：嗯，説話躊躇時的用語。　　2.そうですねえ：是
啊。帶有 "讓我想一想" 的語氣。

Ａ：好的。請問大約幾點合適呢？

Ｂ：是啊，那就請您４點左右來吧。

Ａ：好的，那就下星期四４點來拜訪您。實在謝
　　謝您了。

（二）訪　問 1

　　アメリカのユーエス・リサーチ会社に勤
めるテリーは，電話でアジア証券の中田氏
にアポイントして，会社に中田を訪ねる。

テリー：ユーエス・リサーチのテリーと申しま
　　すが，海外事業部の中田部長と約束がありま
　　す。

受付：海外事業部の中田[1]でございますね。少
　　々お待ちください。（中田に電話してから）た
　　だいま，海外事業部の者[2]が参ります[3]。

部長秘書：秘書の青木でございます。ご案内い
　　たします[4]。どうぞ，こちらへ。（テリーを応
　　接室に案内)

中田：ああ，テリーさん，よくいらっしゃいま
　　した。（名刺を渡す[5]）私，中田です。どうぞ
　　よろしく。

テリー：ユーエス・リサーチのロバート・テリ

1.中田：按日本習慣，在外單位的人面前，對本單位的人，即
使是上司也不用敬稱，所以總機稱"中田部長"為"中田"。

(二)訪問 1

　　特里任職於美國 US 調查公司，他打電話跟亞細亞證券的中田約好，到公司拜訪中田。

特里：我是特里，US 調查公司的。我跟海外業務部的中田經理事前約好的。

總機：海外業務部的中田經理，是嗎？請稍等一下。（給中田打電話之後）海外業務部的人馬上就來。

經理秘書：我是秘書青木。我陪您去，請這邊走。（青木帶特里到會客室）

中田：啊，特里先生，歡迎光臨。（遞交名片）我是中田，請多多指教。

特里：我是 US 調查公司的羅伯特・特里。（遞

2.者：人。用於公文以及客觀敍述，自卑或輕視等場合。"方"（かた）則帶有尊敬語氣。　3.参ります：來，去。謙讓動詞，用於説話人本人或同一團體的人的動作。△明日（あす）から京都（きょうと）へ参ります／明天起我去京都。　4. ご案内いたします／我給您帶路。"ご＋サ變動詞詞幹＋いたします"為表示謙讓的敬語句型。比"ご～します"更客氣。△ご紹介（しょうかい）いたします／我給您介紹一下。5.名刺を渡す：遞交名片。按日本習慣，本來應由訪問者先交名片。交名片時要站起來，將名片正面朝對方。

ーでございます。（名刺を渡す）きょうはお忙しいところを¹おじゃまいたしまして，恐縮²でございます。

中田：では，早速ですが³，ご用件⁴を伺います。

テリー：恐れ入ります⁵。実は，電話でお話しいたしました⁶通り⁷，今度，私どもの会社が日本支社を設けることになりまして　そのごあいさつに伺いました。

中田：そうですか。御社⁸にはアメリカでの調査でいろいろお世話になっ⁹ています。

テリー：ありがとうございます。今後は日本でよろしくお願いいたします。それが営業案内でございます。

中田：拝見いたします。

常用語

●受付¹⁰で面会¹¹を申し入れる¹²

1.ところを：正在…的時候，本來應該…卻。意為"您正在忙著的時候，我本來不應該打擾，卻來打擾了"。　　2.恐縮：（給對方增添麻煩，表示）對不起，過意不去。△お気（き）を使（つか）っていただき恐縮です／讓您費心，眞過意不去。3.早速ですが：（很抱歉，請您）立即轉入正題，直接談正事。意為"早速〜をお願いして申し訳ありませんが"。△では早速ですが，ご講演（こうえん）をお願いいたします／那麼，現在就請您做報告。　　4.用件：（需要做的）事情。△どん

交名片）今天在您百忙當中前來打擾，實在抱
歉。

中田：那麼，我們就直接談正事吧！

特里：謝謝。是這麼回事，正如我在電話裏談過
的，這次我們公司決定設立日本分公司，所以
特地來向您致意的。

中田：是嗎。我們在美國的一些調查，承蒙貴公
司多方協助。

特里：謝謝。今後在日本也請多多關照。這是我
們業務內容的介紹。

中田：讓我拜讀一下。

常用語

●在接待處提出會見要求

なご用件でしょうか/ 您有什麼事情？　　5.恐れ入ります：
對不起，不敢當，謝謝。△おほめにあずかりまして恐れ入り
ます/ 承蒙過獎，實在不敢當。　　6.お話しいたしました：
跟您講了。"お＋動詞連用形＋いたします"與"ご＋サ變動
詞詞幹＋いたします"同為表示謙讓的敬語句型。△本（ほん）
をお返（かえ）しいたします/ 還給您書。　　7.～通り：
(接連體形後面)照…樣。△僕が言うとおりに書きなさい/
照我講的（那樣）寫。　　8.御社：貴公司。"本公司""敝
公司"日語稱為"わが社""私どもの会社""弊社"（へい
しゃ）。　　9.お世話になる：受到照顧，受到幫助。"お＋
動詞連用形＋になる"表示對進行該動作的人的尊敬。這種動
詞連用形一般是兩個音節以上。△わが社は支店（してん）の
開設（かいせつ）で御社にたいへんお世話になりました/ 本
公司設立分店，得到貴公司的大力協助。　　10.受付：傳達
室，接待處，服務台，傳達員，總機。　　11.面会：會見，
見面，會面。△面会を求（もと）める/ 求見。　　12.申し
入れる：提出意見，希望，要求等。△苦情（くじょう）を申
し入れる/ 發出怨言。　　　　　　　　　　・ 15 ・

A：いらっしゃいませ[1]。

B：あの[2], 私, ボストン・リサーチのブラウンと申しますが, 海外事業部の中村部長と4時にお会いする約束になっている[3]んですが……。

A：はい。海外事業部の中村でございますね。

B：はい。

A：少々, お待ちくださいませ[4]。

●初対面のあいさつ

A：ああ, ブラウンさんですね。

B：はい。

A：よくいらっしゃいました。中村です。はじめまして(名刺を渡す)。

B：あ, どうも[5](名刺を受け取る)。ボストン・リサーチのブラウンでございます(名刺を渡す)。先日[6]は電話で失礼いたしました。

A：いいえ。

B：また, 今日はお忙しいところをおじゃまいたしまして, 申し訳ありません[7]。

A：いえ, いえ。どうぞおかけください。

1.いらっしゃいませ：歡迎光臨。在商店、銀行、旅館、餐廳之類的營業場所用來招呼客人。比 " いらっしゃい " 更鄭重。" ませ " 是敬體助動詞 " ます " 的命令形, 接在敬語動詞 " いらっしゃる " 連用形イ音便後面 (いらっしゃり→いらっしゃ

A：歡迎光臨。

B：嗯，我是波士頓調查公司的布朗，跟海外業務部的中村經理約好 4 點鐘見面……

A：噢，海外業務部的中村，是嗎？

 B：對。

A：請稍等一下。

　　　●初次見面的應酬話

A：哦，您是布朗先生嗎？

B：是的。

A：歡迎歡迎。我叫中村，初次見面（遞交名片）。

B：噢，實在不敢當（接受名片）。我是波士頓調查公司的布朗（遞交名片）。那天給您打電話，真對不起。

A：哪裡哪裡。

B：今天在您百忙當中又來打擾，真是抱歉。

A：哪裡哪裡，請坐。

―――――――――――――

い＋ませ）。　　2.あの：嗯。用“あの”先打招呼，使人減少突然的感覺。　　3.約束になっている：約好了。“～になっている”表示預定、決定的事項一直存在著。　　4.お待ちくださいませ/ 請您等候一下。“くださいませ”是敬語動詞“くださる”的連用形イ音便接敬體助動詞“ます”的命令形。它比“ください”更鄭重。　　5.どうも：後面省去“恐れ入ります”。按日本習慣，訪問者應先交名片，這裏卻由被訪問者先交了名片，所以説“不敢當”。　　6.先日：前幾天，前些日子，那天。△先日は失礼いたしました/ 那天眞對不起。7.申し訳ありません：對不起，抱歉。

・　17　・

B：はい，失礼いたします(すわる)。

　　🈲よく聞かれる質問

本題に入る前に軽いおしゃべりをし[1]て，
人間関係を作る[2]のが通常のやり方です。
以下予想される簡単な質問に上手に答えて
みましょう。

1. (あなたを紹介した)ジェトロの太田さんは
　　お元気ですか。

2. 日本はいかがですか。

3. いつ来日され[3]たんですか。

4. 日本は，はじめてですか。

5. 少しは，見物でもなさい[4]ましたか。

6. 日本での生活はお慣れになりましたか。

7. 日本語がお上手ですね。

　　　　⬤目的の話を始める

A：じゃあ，そろそろ[5]，お話を伺いましょう。

B：はい。先日，電話でもお話しいたしました
　　が，このたび[6]，私共の会社が東京の市場調
　　査をすることになりまして……。

A：はい。

1.おしゃべりをする：聊天，多嘴多舌。　　2.人間関係を作
る：建立人際關係。　　3.される："する"的尊敬語。

B：謝謝（坐下）。

●常見的開場白

講入正題以前，跟對方隨便聊聊，以建立人際關係，這是通常的做法。試把下面對方可能問到的簡單的問題回答得好一些。

1.（介紹您來的）日本貿易振興會的太田先生身體好嗎？

2.日本怎麼樣啊？

3.您是什麼時候來日本的？

4.您是第一次來日本嗎？

5.您是不是多少遊覽了一些地方？

6.您對日本的生活習慣了嗎？

7.您日語講得很好啊！

●開始談正題

A：那麼，這就聽您介紹吧！

B：好的。那天電話裏跟您談過，這次我們公司決定進行東京市場的調查。

A：噢！

4.なさる："する"的尊敬語，女子多用。　5.そろそろ：就要，漸漸。這裏用來催促對方採取進一步行動。△そろそろ出かけましょう/我們這就出門吧。　6.このたび（此の度）：這次，此次，這回。"今度"（こんど）、"今回"（こんかい）的鄭重其事的說法。用於演講、致詞、文章中。△このたびは大変お世話になりました/這次得到您很大幫助。

B：こちらがそのプロジェクト・プラン[1]です。

A：ああ、どうも[2]。拝見します。

B：恐れ入ります。ぜひ部長のご意見をいただ
きたいと思いまして[3]。

1.プロジェクト・プラン：計劃方案。　　2.どうも：後面省
去"ありがとうございます"。　　3.～と思いまして：後面
省去"持ってきた次第（しだい）でございます"。

Ｂ：這是計劃方案。

Ａ：謝謝。我拜讀一下。

Ｂ：不敢當。我們很想聽聽中村經理的意見。

（三）訪　問 2

　　中田部長との商談のあと，テリーは礼を
述べて暇乞い[1]する。中田はテリーの提案に
興味を示し，再会を約する[2]。

テリー：では，部長，今日はお忙しいところを
　　長いこと[3]おじゃまいたしました。そろそろ失
　　礼[4]いたします。

中田：そうですか。こちらこそ[5]，いろいろお教
　　えいただきまして[6]。早速，御社の提案を担当
　　者に検討させます。

テリー：ありがとうございます。なにかほかに
　　も資料が必要でしたら，お電話ください。す
　　ぐお届けしますから。

中田：今のところ[7]，見てみたいのは，第2四半
　　期[8]の市場調査だけですよ。

テリー：それは現在報告書をまとめていますの

1.暇乞い：辭別，告辭。△お暇乞いに参りました/ 我來辭行
了。　　2.約する：約定，商定。△再会を約して別れる/ 相
約再會而別。　　3.長いこと：長時間。“形容詞＋こと”構

(三)訪問 2

和中田經理洽談之後，特里向中田道謝並告辭。中田對特里的提議表示感興趣，相約再次見面。

特里：那麼，中田經理，今天在您百忙當中占用了很多時間，我該告辭了。

中田：是嗎？倒是我獲益非淺呢！我會立刻讓經辦人員研究一下貴公司的提議。

特里：謝謝。如果其他還需要什麼資料，請您掛個電話，我會馬上送來。

中田：目前，我想看看的，只是第二季度的市場調查。

特里：這個，現在正在整理報告，一整理好，馬

成副詞。△長いことしんぼうした/ 忍受了很長時間。　4.失礼：告辭，失禮，對不起。　5.こちらこそ：哪兒的話，我才…哪。"こちら"，我，我們。△「先日はお世話様（せわさま）になりました」「いいえ，こちらこそ」/ "日前承蒙您照應了。" "哪兒的話，我倒是承蒙您照應哪。"　6.いただきまして：後面省去"ありがとうございました"。7.今のところ：眼前，目前。接在"今日の""今の"後面的"ところ"指現在為中心的較短時間。△情勢（じょうせい）は今のところわからない/ 局勢目前還不清楚。　8.四半期：季度。

で，できあがり次第¹，お持ちします。

中田：お願いします。その上で²また相談します。日本の場合，新規³の取引には時間がかかるんです⁴。

テリー：なにぶん⁵，よろしくお願いします。

中田：御社の場合も，担当者が検討してから，稟議⁶をして，それから改めて相談することになります⁷。

テリー：結構です。わが社も日本での本格的⁸な営業開始はまだ先のことですから。

中田：じゃあ，わたしはこれから会議がありますので，これで失礼します。今日は久しぶりに，アメリカの話をしまして，とても楽しかったです。

テリー：こちらこそ，帰ろう帰ろうと思いながら⁹，つい長居¹⁰をしてしまいました。では，また近いうちに，お目にかかります。失礼します。

1.次第："動詞連用形＋次第"表示"一…立即""馬上"。△見つけ次第すぐに知らせる/ 一發現立即告知。　2.その上で：在此基礎上，在這之後。這裏指第二季度市場調査報告之後。　3.新規：新。△新規に商売（しょうばい）を始める/ 新開始做生意。　4.〜んです：表示説明，解釋。△僕、何も知らなかったんです/ 我什麼也不知道。　5.なにぶん

上送來。

中田：麻煩您了，待我看過之後再跟您商量。在
　　　日本，第一次做買賣比較花時間。

特里：請多多關照。

中田：我們要先由經辦人員研究之後，交各有關
　　　部門會簽意見，然後再跟對方商量。對於貴公
　　　司也同樣如此。

特里：沒有關係。因為我們公司正式在日本開始
　　　營業，還有一段時間。

中田：那麼，因為我接著還有個會議，這就失陪
　　　了。好久沒談到美國的事情了，今天談得很愉
　　　快。

特里：倒是我心裏一直想該走了，卻不知不覺打
　　　擾了這麼久。那麼，改天再來拜訪，我告辭了。

────────────

（何分）：請。△なにぶんよろしく頼みます／請多關照。
6.稟議：會簽，會辦。日本的公司在作出決定時，大都採取由
下而上一層一層會簽意見，以取得有關人員的同意。　　7.～
ことになります：結果就是…。表示事物發展的趨勢和結果。
△数時間遅れて着くことになる／（結果將是）遲幾個小時到
達。　　8.本格的：正式，正規。△本格的な研究／正規的研
究。　　9.帰ろう帰ろうと思いながら：雖然也想該走了。
" 動詞意志形＋同一動詞意志形＋と思いながら" 表示 " 一直
想…却…"。這裡的 " ながら" 為逆態接續。△たばこを止め
よう止めようと思いながら、つい吸（す）ってしまいます／
雖然一直想戒煙，卻還是吸了。　　10.長居：久坐，久留。
△長居は無用（むよう）だ／沒有必要久坐。

常用語

●企画[1]を説明して

A：なかなかおもしろい企画ですね。

B：ありがとうございます。

A：どんな結果になるかはまだご返事できませんが，早速，検討してみましょう。

B：どうか，よろしくお願いいたします。なにかほかにも資料が必要でしたら，いつでも，お電話ください。すぐお持ちしますので。

A：ええ，そうします。

B：今後とも，よろしくお願いいたします。

●帰るときのあいさつ

A：部長，今日はお忙しいところをすっかり[2]おじゃまいたしました。

B：いいえ，いろいろ楽しい話が聞けました。

A：こちらこそ，たいへん貴重なご意見を伺いまして，ありがとうございました。では，これで，失礼いたします。

B：そうですか。こちらも早速検討してみますから。

1.企画：計劃，規劃。△新番組（しんばんぐみ）を企画する

常用語

●介紹規劃之後

A：這個規劃相當有意思啊！

B：謝謝您。

A：結果怎麼樣，我還不能奉告，不過我們馬上研究一下。

B：請多關照。另外還要什麼資料，請隨時來電話，我會立即送來的。

A：好的，就這麼辦。

B：今後還請多關照。

●辭別

A：中田經理，今天在您百忙之中，實在打擾了。

B：哪裏哪裏，領教了許多事情，我很愉快。

A：哪兒的話，我可是獲益非淺。能聽到您非常寶貴的意見，實在感謝。那我告辭了。

B：是嗎，我們也會馬上研究的。

／規劃新節目。　2.すっかり：完全，實在。△その話はすっかり聞きあきた／這種話簡直聽膩了。

Ａ：はい。よいお返事をお待ちしています。そ
　れでは，失礼いたします。

A：好的，等候您的好消息，那就再見了。

（四）オフィスを借りる

日本支社開設のため，テリーはジェトロに友人の太田氏を訪ね，どのようにしてオフィス[1]を借りるかたずねた。

テリー：そういうわけで[2]，支社開設の手続きも一応[3]済んだので，事務所を探そうかと思っ[4]ていますが……。

太田：でも，もう事務所はあるんでしょう。確か[5]，赤坂の国際ビルとか聞き[6]ましたが……。

テリー：ああ，あれは関連企業から一時的に借りている仮[7]事務所で，机ひとつと電話1本しかないんです。

太田：じゃあ，そこでは本格的な仕事をするわけにはいきません[8]ねえ。

1.オフィス：（公司、機關的）辦公室，辦事處，事務所，營業所。　2.そういうわけで：由於這種情形，因此。　3.一応：暫且，大致。△一応調（しら）べてみた／大體上調査了一下。　4.〜かと思う：我想是否該…。△20インチのカラーテレビを買おうかと思います／我想是否該買1台20英吋彩色電視機。　5.確か：（用於回憶過去的事情，表示有相當把握）我記得…，應該是…（沒錯），大概…。△たし

㈣租借辦公室

　　為籌設日本分公司，特里前往日本貿易
振興會，拜訪他的朋友太田，向他請教有關
如何租借辦公室的問題。

特里：因此，設立分公司的手續也大致完成，我
　　　想該找一間辦公室了……

太田：可是你們不是已經有一間辦公室了嗎？我
　　　聽說過，好像是在赤坂的國際大樓什麼的……

特里：啊，那是向有關企業暫時借用的臨時辦公
　　　室，只有一張桌子和一台電話機。

太田：那麼，不能在那裏正式辦公嘍？

か30歳だと聞きました/ 我記得聽說他有30歲了。　　6.～
とか聞く：（説話人對自己聽到的消息表示不敢完全肯定）聽
說好像是…。△東京の家賃は高いとか聞きました/ 聽説東京
的房租似乎很貴。　　7.仮：臨時的，暫時的。△仮契約/ 暫
定合約。　　8.～わけにはいきません：（接動詞現在式後面，
表示由於外部條件的限制，道理上）不能…，無法…。△原料
（げんりょう）が値上がりしているので、値引（ねび）きす
るわけにはいきません/ 因為原料價格上漲，所以不能減價。

テリー：どこか¹に事務所を借りたいんですが，東京の家賃（やちん）があまり高くて驚（おどろ）いています。

太田：そうでしょうね。東京に限（かぎ）らず²，日本中どこでも土地（とち）の値段（ねだん）が上（あ）がっていますから……。

テリー：土地の値上（ねあ）がりにつれて³，家賃が上がるのは当然（とうぜん）でしょうが，家賃があがれば，敷金（しききん）や権利金（けんりきん）⁴も上がりますからねえ。

太田：どの辺（へん）に事務所を借りるつもりですか⁵。

テリー：うち⁶の会社はマーケッティングの仕事ですから，都心部（としんぶ）⁷じゃなくてもいい⁸んです。やはり便利（べんり）な所（ところ）がいいですねえ。

太田：三田駅（みたえき）のそばにビルを持っている友人がいますが，今そのビルの3階に空（あ）き室（しつ）があると言っていましたよ。

テリー：そうですか。広（ひろ）さはどのぐらいでしょうか。

太田：確（たし）か，80平米（へいべい）⁹ぐらいでしたよ。紹介（しょうかい）しますから，一度見てみたらどうですか¹⁰。

テリー：ええ，ぜひ，お願いします。

1.どこか（何処か）：某處，哪裏，什麼地方，有的地方。△休暇中（きゅうかちゅう）どこかへ行きますか/ 假期裏，你

特里：我想在哪兒租一間辦公室。不過，東京的房租實在貴得嚇人。

太田：對啊。不光是東京，整個日本的土地，無論哪兒都在漲價……

特里：土地漲價，房租當然會跟著上漲，可是房租上漲，押租和頂費也要上漲，所以……

太田：你打算在哪一帶租間辦公室呢？

特里：我們公司的業務是市場調查，不在市中心也沒有關係，不過還是交通方便的地方比較好。

太田：我有個朋友在三田車站附近有一幢大樓，據他說，現在那幢大樓的 3 樓有空房間。

特里：哦，有多大？

太田：我記得大概有 80 平方公尺吧。我替你介紹，你去看看怎麼樣？

特里：好，麻煩您了。

要到哪裏去嗎？　　2.〜に限らず，〜も〜：不僅…而且…也都…。△サッカーに限らず，スポーツなら何でも得意（とくい）だ/ 不僅是足球，論體育運動，他什麼都很拿手。　　3.〜につれて：隨著…。△給料（きゅうりょう）が上がるにつれて物價（ぶっか）も高くなった/ 隨著工資的提高，物價也上漲了。　　4.權利金：（租賃房屋等的）押金，權利金。
5.〜つもりですか：（詢問對方意圖）你打算…嗎？△みんなといっしょに行くつもりですか/ 你打算跟大家一起去嗎？
6.うち（内）/ 自己所屬的組織，團體，伙伴，自家人。△うちの社長/ 我們公司的總經理。　　7.都心部：東京的市中心。
8.〜じゃなくてもいい：不是…也可以，不是…也沒關係。△ウイスキーじゃなくてもいいですよ/ 不是威士忌也沒關係。
9.平米：平方米。等於“平方メートル”。　　10.〜たらどうですか：…怎麼樣？△みんなの意見を聞いてみたらどうですか/ 聽聽大家的意見怎麼樣？

常用語

●事務所探(さが)しの相談(そうだん)

A：おかげさまで，支社開設の見通(みとお)しもつき
ましたので，そろそろ事務所を探そうかと
思っているんですが。

B：ああ，そうですか。いよいよ²これからです
ね。

A：ええ。ところが³，東京は家賃も高いです
し，空き室も⁴少なくて困(こま)っているんです。

B：このところ⁵，地価(ちか)が上がりましたからね
え。

A：ええ，それでどんなふうに探したらいいで
しょうか⁶。いい方法(ほうほう)を教えていただきたい
んですが⁷……。

●仮事務所

A：ところで⁸，今の事務所は⁹，確か新橋(しんばし)の森
ビルでしたねえ。

1.見通しがつく：（對前景等）可以預料。△これからの見通
しがつかない/ 今後如何很難預料。　　2.いよいよ（愈）：
終於。△いよいよ明日出発（しゅっぱつ）します/ 終於明天
要出發了。　　3.ところが：可是，然而。△うまく行くだろ
うと思った。ところが、結局（けっきょく）失敗（しっぱい）

常用語

●商量尋找辦公室的問題

A：多虧您，開設分公司已有眉目，我想就得找一間辦公室了。

B：噢，是嗎。到底要進入新階段啦！

A：嗯，可是，東京房租又貴，空房又少，很傷腦筋。

B：因為近來地價上漲啦。

A：是啊，所以怎樣找才好，希望您教給我一個好辦法。

●臨時辦公室

A：可是，現在的辦公室呢？我記得是在新橋的森大樓吧？

に終わった/ 我想會搞好的，可是最後以失敗告終了。　　4.〜も〜し、〜も〜：又…又…，既…又…。△あの人はたばこも吸わないし、酒も飲まない/ 那個人既不吸烟，也不喝酒。5.このところ（この所）：最近，近來。△このところずっと風邪（かぜ）ぎみなのです/ 近來一直有點感冒。　　6.〜たらいいでしょうか：（才）好呢？用於徵求對方意見，語氣婉轉。△どなたに聞いたらいいでしょうか/ 問哪一位好呢？7.〜ていただきたいんですが……：我想請您…。比 "〜てもらいたいんですが" 客氣，但不如 "〜ていただけないでしょうか" 婉轉。△ちょっとこの絵を見ていただきたいんですが/ 我想請您看看這幅畫。　　8.ところで：可是。用於轉換話題。△ところで、今晩一杯（いっぱい）飲みに行きませんか/ 可是，今晚咱們去喝一杯好嗎？　　9.今の事務所は：後面省去 "どうするんですか"。

B：ああ，あれは一時的な仮事務所で，机一つ
と電話一本しかないんです。

A：そうですか。それじゃ，本格的に仕事を始
めるわけにはいきませんね。

B：ええ，ですから，そろそろ事務所を探さな
ければ[1]と思っているんです。

　　●探している物件[2]

A：それで[3]，場所とか広さとか，どんなところ
を探しているんですか。

B：うちの会社は，マーケッティングの仕事で
すから，一等地じゃなくてもいいんですが，
交通の便利なところがいいと思っているんで
す。

A：そうですね。じゃあ，三菱グループの不動
産部門に勤めている友人がいますので，一度
紹介しましょう。

B：ありがとうございます。よろしくお願いし
ます。

1.探さなければ：後面省去“いけない”。　　2.物件：物件。
指動産的物品、不動産的土地、建築。　　3.それで：因此，
那麼後來…。用來詢問結果如何而催促對方把話講下去。△そ
れで彼女（かのじょ）の容態（ようだい）は？／那麼，她的
病情呢？

Ｂ：嗯，那是暫時使用的臨時辦公室，只有一張
　　桌子和一台電話機。

Ａ：是嗎，那麼，不能正式開始工作嘍？

Ｂ：所以我想，這就該找一間辦公室了。

　　●所要尋找的房子

Ａ：那麼，地段啦，大小啦，要找些什麼樣的地
　　方呢？

Ｂ：我們公司的業務是市場調查，所以不是一流
　　地段也沒關係，不過我認為交通方便的地方比
　　較好。

Ａ：是啊，那我有一個朋友在三菱集團的不動產
　　部門工作，我給您介紹一下。

Ｂ：謝謝您，拜託了。

（五）社員を雇う

三田の新しいオフィスに引越してから，テリーは新聞に秘書の求人広告を出し，青木さんが手紙で応募した。今日，青木がテリーのオフィスへ面接に来る。

テリー：青木さんですね。どうぞ，おかけください。

青木：失礼します。

テリー：英文の履歴書，お持ちですか[1]。

青木：はい，持ってまいりました。どうぞ。

テリー：大学の専攻は歴史でしたね。

青木：はい，イギリスの産業史でした。

テリー：卒業後，すぐ今の会社に入りましたね。

青木：はい，そうです。

テリー：会社では主にどんな仕事をしていますか。

青木：原料の輸入契約の仕事です。

テリー：なぜ，今の会社をやめたいんですか。

(五)聘用職員

搬進三田的新辦公室之後，特里在報上刊登廣告徵求秘書，靑木來函應徵。今天靑木來到特里的辦公室接受面試。

特里：你是靑木先生吧？請坐。

靑木：謝謝。

特里：英文履歷表帶來了嗎？

靑木：是的，帶來了，這就是。

特里：你在大學專攻的是歷史，是吧？

靑木：是的，是英國產業史。

特里：畢業後馬上進入現在的公司工作。

靑木：是的。

特里：在公司主要做什麼工作？

靑木：做原料進口合約的工作。

特里：你為什麼想離開現在的公司？

1.お持ちですか：帶著嗎？" お＋動詞連用形＋です（か）"是表示尊敬的敬語句型，通常用於表示現在的情況。△この雑誌（ざっし）をお読みですか／ 您在看這本雜誌嗎？

青木：実は残業が多くて，毎晩帰りが遅くて大変[1]なんです。

テリー：そうですか。ところで，タイプやワープロはできますね。

青木：はい，タイプは60ワードぐらいで，ワープロはアイ・ビー・エムなら使えます。

テリー：けっこうです。英語は自信がありますか。

青木：読み書きはできます。会話はできないわけじゃありません[2]が，あまり自信はありません。

テリー：今の会社では給料はどのくらいですか。

青木：残業手当[3]を含めて[4]，手取り[5]28万円ぐらいです。これが先月の給与明細です。

テリー：わかりました。じゃあ，近いうちに勤めてもらうかどうか[6]連絡します。

青木：よろしく，お願いします。

1.大変：嚴重，厲害，不得了。作形容動詞。△今日は大変でした／今天可够受的。　2.～ないわけじゃありません：並不是不…。表示能够做某事，但並不適合。△ふぐは食べないわけじゃありません／河豚並不是不吃。　3.手当：津貼。指底薪以外的各種補助。日本公司常見的津貼有："扶養家族

青木：是這樣的，因為那裏常常要加班，每天很
　　　晚回家，吃不消。

特里：是嗎。還有，打字機和文字處理機你會使
　　　用吧？

青木：會，打字一分鐘可以打 60 個字，文字處
　　　理機如果是 IBM 的就會打。

特里：那好。英語有信心嗎？

青木：會讀和寫。會話並不是不會，不過不太有
　　　信心。

特里：你在現在的公司裏拿多少工資？

青木：包括加班費在內，淨拿 28 萬日元左右。
　　　這是上個月的工資清單。

特里：好，那麼我們將會在近日內通知你是否來
　　　上班。

青木：麻煩您了。

（ふようかぞく）手当/ 家屬扶養津貼”“通勤（つうきん）
手当/ 交通費補貼”“住宅（じゅうたく）手当/ 房屋津貼”
“残業手当、時間外（がい）手当/ 加班費”“夜勤（やきん）
手当/ 夜班費”“役職（やくしょく）手当/ 職務津貼”等。
4.～を含めて：包括…在內。△店内（てんない）には店長
（てんちょう）を含めて 12 人です/ 店裏包括經理在內有 12
個人。　　5.手取り：（扣除稅款和各種費用後的）實收額，
淨收入。　　6.～かどうか：是否…。△あした来るかどうか
わかりません/ 不知道明天來不來？

常用語

❷学歴

A：山下さんは早稲田大学の政治経済学部卒業ですね。

B：はい，そうです。

A：卒業論文のテーマは何でしたか。

B：「日米貿易摩擦」でした。

A：ああ，そうですか。

❸職歴[1]

A：職歴ですが[2]，今の会社は卒業後すぐからですね。

B：はい，そうです。

A：今の会社ではおもにどんな仕事をしていますか。

B：市場調査と輸出の仕事です。

A：そうですか。今の会社をやめて，わが社を選んだ理由はなんですか。

B：はい[3]。今の会社の営業方針に将来性[4]がないと思いました。そして今回こちら[5]を受

1.職歴：工作經歷，職業經歷。　2.～ですが：關於…。這是提示主題的一種方式。△給料ですが、どれぐらいをご希望

・ **42** ・

常用語

　　●學歷

A：山下先生畢業於早稻田大學政治經濟系，是
　　吧？

B：是的。

A：畢業論文的題目是什麼？

B：是≪日美貿易摩擦≫。

A：噢，是嗎。

　　●工作經歷

A：關於工作經歷，你現在的公司是畢業後馬上
　　進去的，是嗎？

B：是的。

A：在現在的公司，你主要做什麼工作？

B：做市場調查和出口業務。

A：是嗎。你想從現在的公司退職，選擇我們公
　　司的理由是什麼？

B：嗯，我認為現在的公司，從它的營業方針來
　　看沒有前途。這次應聘貴公司，是因為我想這

（きぼう）ですか/ 工資您希望多少？　　3.はい：這裏表示
聽懂對方的提問，並非表示同意。　　4.将来性：有前途，有
希望。△将来性のある企業/ 有前途的企業。　　5.こちら：
本公司，貴公司。

け[1]たのは，業務内容が私の経験[2]を十分生か

せる[3]と思ったからです。

A：分かりました。

●能力

A：わが社では英語を話せなければならないん

ですが，その点はいかがですか。

B：今まででもそのような経験がありますし，で

きると思います。

A：英文タイプはできますね。

B：はい，50ワードぐらいですが……。

A：ああ，けっこうですね。ワープロはいかが

ですか。

B：今は，NECを使っていますが，その他の機

種も使えるようになる[4]と思います。

A：ああ，そうですか。

●給料

A：わが社の給料ですが，山下さんの場合，1

か月税込み[5]で35万円は出せると思います。

いかがですか。

B：たいへん，けっこうです。

1.受ける：接受，答應。△試験を受ける/ 應試，投考。

● 44 ●

種業務內容能夠充分發揮我的業務經驗。

A：明白了。

　　●能力

A：在我們公司要會講英語才行，你這方面怎麼樣？

B：我以往也有這種經驗，我想是可以的。

A：會英文打字嗎？

B：會，1分鐘50個字左右。

A：那很好。文字處理機怎麼樣？

B：現在我用日本電氣公司的，不過，我想其他機種也逐漸會使用的。

A：噢，是嗎。

　　●工資

A：我們公司的工資，按山下先生的情況，我想一個月沒有扣除稅金可以給35萬日元，你看怎麼樣？

B：太好了。

2.経験：由經驗得到的知識和技能。　　3.生かせる："生かす"的可能動詞。"生かす"：活用，發揮。△才能（さいのう）を十分に生かす/ 充分發揮才能。　　4.～ようになる：逐漸變成。表示情況的轉變。△今後、ワープロも打てるようになるでしょう/ 今後也逐漸會打文字處理機吧。　　5.込み：(接其他名詞後面) 包含…在內。△配達料（はいたつりょう）込みの値段/ 包括送貨上門的運費在內的價格。

A：そして，住宅手当と残業手当がつきます。

B：はい。

A：何かほかにきいておきたいことがあります
か。

B：いいえ，べつに¹ございません。

A：それでは，一週間以内に今日の結果を連絡
します。

B：よろしくお願いします。

1.べつ（別）に（下接否定語）：特別，並（沒有）。△別に
変わったこともない/ 並沒有什麼變化。

Ａ：還加上房屋津貼和加班費。

Ｂ：噢。

Ａ：其他，你還有什麼情況想要了解的？

Ｂ：沒有了。

Ａ：那麼，今天的結果，一個星期以內跟你聯繫。

Ｂ：麻煩您了。

（六）口座を開く

　　テリーと秘書の青木は銀行口座について
討議し，オフィス近くの銀行に口座を開く
ことにした[1]。

テリー：青木さん，六本木のアメリカ銀行へ
　　行って，この小切手を現金にし[2]てきてくだ
　　さい。

青木：かしこまりました[3]。すぐ行ってきます。

テリー：電気や水道の料金[4]を払わなければな
　　らないんですが，日本では小切手が使えない
　　から，困りますよ。

青木：じゃあ，この近くの日本の銀行に口座を
　　開いて，料金はみんな自動振替にしたらどう
　　でしょうか[5]。

テリー：自動振替ですか。それはいい考えです
　　ね。私も小口現金のための口座を近所の銀行
　　に作ろうかと思っていた[6]んですが，自動振替

1.〜ことにした：決定…。表示自己作出的決定。△この会社

㈥開立銀行帳戶

特里和青木秘書討論了開立銀行帳戶的問題，決定在辦公室附近的銀行開一個帳戶。

特里：青木先生，請你到六本木的美洲銀行，把這張支票兌成現金。

青木：知道了，我馬上就去。

特里：要付水電費，可是在日本不能使用支票，真沒辦法。

青木：那麼，在附近的日本銀行立個戶頭，各種費用都辦理自動轉帳，怎麼樣？

特里：自動轉帳嗎？這是個好主意啊！我也在想，在附近的銀行開個小額現金存款的戶頭。如

とは取引（とりひき）しないことにした/ （我）決定跟這家公司不往來了。　2.～を～にする：使之成為…。△息子（むすこ）を医者（いしゃ）にする/ 讓兒子當醫生。　3.かしこまりました：知道了。表示恭謹地接受命令或吩咐。

　4.料金：費用，使用費，手續費。　5.～たらどうでしょうか：怎麼樣？語氣婉轉。△社長に相談したらどうでしょうか/ 跟總經理商量一下怎麼樣？　6.～うかと思っていた：我在想，是否…。表示一直在考慮，但還沒最後拿定主意。△僕も東京（とうきょう）に行こうかと思っていたんだ/ 我也在想，是否去一趟東京。

ができれば便利ですね。

青木：じゃあ，さっそく手続きなさったらいか
　　　がでしょうか[1]。

テリー：そうしましょう。やはり，普通預金と
　　　当座預金[2]の口座を作る方がいい[3]でしょう
　　　ね。

青木：当座預金の口座は開設の手続きが面倒[4]
　　　ですし，場合によっては[5]，定期預金もしな
　　　ければなりませんから，今のところ，普通預
　　　金だけでいいと思います。

テリー：普通預金と言えば[6]，日本では利率がず
　　　いぶん低いんですね。

青木：ええ，確か年率0.4パーセント弱です。

テリー：そうですか。ところで，口座を開くの
　　　には[7]，判[8]がいりますね。

青木：何かと[9]便利ですから，一つ作ってもらっ
　　　たらいかがですか。

テリー：じゃあ，それも注文してきてください。

青木：かしこまりました。では，途中で支社長

1.〜たらいかがでしょうか：比“たらどうでしょうか”客氣
些。　　2.当座預金：沒有利息，但可以使用支票或票據的活
期存款。在日本，首次開這種存款戶頭，銀行一般要公司提供
經營情況資料（如決算報告書、法人税收據等），並要求存進

果能自動轉帳就方便了。

青木：那就馬上去辦手續，怎麼樣？

特里：就這麼辦。還是開個普通活期存款和可以
　　　使用支票的活期存款戶頭比較好吧？

青木：使用支票的活期存款，開戶手續麻煩，要
　　　看情況，有時還要存進一筆定期存款，所以我
　　　想，目前只開一個普通活期存款戶頭就可以了。

特里：說起普通活期存款，在日本，利率低得很
　　　哪！

青木：是的，我記得年利不到 0.4%。

特里：是嗎？還有，開戶頭要圖章吧？

青木：有圖章處處都很方便。您刻一個怎麼樣？

特里：那麼，也給我刻一個。

青木：知道了。那我就在半路上給經理刻個圖章

一筆一定數額的定期存款。　3.～方がいい：最好（是）…，
還是…的好。△医者に見てもらった方がいい／最好請醫生看
一下。　　4.面倒：麻煩，費事。△事件（じけん）が面倒に
なってきた／事情麻煩起來了。　　5.場合によっては：根據
情況…。△場合によっては考慮（こうりょ）しないわけでも
ない／要看情況，並不是不考慮的。　6.～と言えば：說起…，
要說…，一提到…就（令人聯想起一件事）。△桜（さくら）
と言えば、日本を思いだす／一提起櫻花就聯想起日本來了。
7.～のには～：為了…。前項為目的，後項為達到目的所必需
的條件。△外国へ行くのにはパスポートが要（い）る／到外
國去要護照。　　8.判：圖章，印鑑。在日本，圖章的使用範
圍比我國廣。它有事前向政府機關、銀行登記備案的“実印
（じついん）／正式印章”和收到郵件時使用的“認印（みと
めいん）／便章”。便章往往只有姓，沒有名字，商店有出售
現成的廉價便章。　　9.何かと（何彼と）：這個那個地，各
方面。△この頃は何かと忙しい／近來這個那個地忙得很。

の印を頼んでいきます。

常用語

●銀行 1

A：青木さん，すみませんが，溜池¹の三和銀行
へ行って，この小切手を現金にしてきてくだ
さい。

B：はい，すぐ行ってきます。

A：電気や電話の料金を払わなければならない
んですが，日本では小切手が使えないから不
便ですねえ。

B：ええ。それでは，近くの銀行に口座を開い
て，支払いをみんな自動振替にしたらどうで
すか。

A：自動振替ですか。それなら楽²ですねえ。さ
っそく手続きをしてください。

B：はい。

●銀行 2

A：私も近所の銀行に小口現金のための口座を
開こうかと思っていたんですよ。

B：その方が何かと便利ですからね。

A：ええ。やはり普通預金と当座預金の両方の

再去。

常用語

●銀行1

A：青木先生，對不起，請你到溜池的三和銀行
　　去把這張支票兌換成現款。

B：好，我馬上就去。

A：我們要付電費和電話費，可是在日本不能用
　　支票付款，很不方便。

B：是的。那麼，在附近的銀行開個戶頭，付款
　　都採取自動轉帳，怎麼樣？

A：自動轉帳嗎？這樣的話就簡便了。請你馬上
　　辦理手續。

B：好的。

●銀行2

A：我也想在附近的銀行開個小額現金存款戶頭。

B：這樣各方面都很方便啦。

A：還是開普通活期存款和可以使用支票的活期

1.溜池：溜池（東京地名）。　　2.楽：容易，簡單，輕鬆。
△楽に勝（か）つ／輕易取勝。

口座を作っておい¹た方がいいでしょうか。

B：そうですね。当座預金は開設の手続きが少
し面倒ですし，今のところは普通預金だけで
いいと思いますけど²。

A：そうですか。手続きは簡単ですか。

B：ええ，申（もう）し込（こ）み書（しょ）を書いて入金（にゅうきん）するだけで
す。入金³は100円でも200円でもいい⁴はずで
す⁵。あっ，判がいりますね。

A：ああ，判ですね。じゃあ，それも注文して
きてください。

B：はい。判ができたらすぐ手続きします。

1.〜ておく：表示預先做好某種準備。△そのことは一応（い
ちおう）考えておく/ 那件事，我姑且考慮一下。　　2.〜と
思いますけど：後面省去 " いかがでしょうか "。因此，句末
加 " けど " 比 " と思います " 結句，語氣温和。　　3.入金：
付款，（向銀行）存款。　　4.〜でもいい：…也可以。△先
生じゃなくて，学生でもいいですよ/ 不是老師，學生也可以。
5.〜はずです：理應，應該，按理。△陳君は知っているはず
です/ 小陳按理應當知道的。

存款兩種戶頭好吧？

B：嗯，可以使用支票的存款開戶手續麻煩一些
　。我認為目前只要有普通活期存款戶頭就可以
　啦，你看怎麼樣？

A：是嗎，手續簡便嗎？

B：簡便，只要寫份申請書，存些款子進去就可
　以了。款子存個 100、200 日元都可以。對了
　，需要一個圖章。

A：噢，圖章嗎？那麼，這也去刻一個。

B：好的。圖章刻好了，馬上去辦手續。

（七）ビジネスランチ[1]

日本での営業開始の準備を終えたテリーは，ジェトロの広報部[2]部長の太田氏と昼食を共にし，今後の業務の見通しについて話した。

太田：テリーさん，今日はお招き[3]，ありがとうございました。

テリー：とんでもございません[4]。こちらこそ，お忙しいところをおいで願いまして，恐縮です[5]。

太田：先日，新聞に御社の広告が出ていましたが，いよいよ本格的に営業を開始するわけですね。

テリー：やっと準備が整いましたので，今週から仕事を始めたばかり[6]です。それで，これからもいろいろとご指導をお願いしたいと思いまして……。

太田：御社は日本ではどんな仕事をしますか。

テリー：わが社の本業は市場調査ですが，そ

㈦工作午餐

　　特里完成了在日本開始營業的準備工作。他邀請日本貿易振興會諮詢服務部部長太田共進午餐，並談到今後業務的前景問題。

太田：特里先生，謝謝您今天的邀請。

特里：哪兒的話，在百忙之中請您光臨，我才覺得過意不去。

太田：前幾天，貴公司在報上刊登了廣告，終於要正式開張啦。

特里：好不容易籌備就緒，這星期剛開始工作的。所以希望您今後也多加指導。

太田：貴公司在日本經營什麼業務？

特里：我們公司的正業是市場調查。此外，還在

1.ビジネスランチ：工作午餐，商業午餐。"ランチ"為西餐的午餐，便餐。　　2.広報部：諮詢服務部。　　3.お招き：後面省去"いただき"或"くださり"。　　4.とんでもございません：哪兒的話。用於表示客套。△「何とお礼（れい）を申し上げてよいやら分かりません」「いや、とんでもない」／"不知道怎麼感謝您才好。""不，哪兒的話。"　　5.恐縮です：這一句的主題是"こちらこそ"。　　6.～たばかり：剛剛。表示某一動作剛做完。△いま寝たばかりです／現在剛剛睡著。

のほかに商品企画[1]や販売促進[2]も手がけ[3]て
いきたいと考えています。

太田：なかなか積極的ですねえ。

テリー：私はアメリカでも，レジャー[4]用品の販
売促進を担当していましたから，日本でも，そ
んな仕事をしてみたいと思います。

太田：ぼくはそちらの方面はまったくわからな
いんですが，友人にスポーツ用品の大手[5]メー
カーの役員がいますから，紹介してあげま
しょうか。

テリー：ぜひ，お願いします。日本では紹介者
がないと，会ってもらえない[6]ことが多いの
で……。ところで，太田さん，何を召し上が
り[7]ますか。（メニューを手渡す[8]）

太田：何か魚の料理がいいですね。最近，ちょ
っと太りぎみ[9]ですから，肉を控え[10]ているん
です。

テリー：じゃあ，Ｂランチはいかがですか。ひ
らめのムニエルですが……。

太田：結構ですね。それをお願いします。

1.商品企画：商品規劃。接受委託調查制訂某一商品在某一市

考慮從事商品規劃和促進銷售等業務。

太田：你們相當積極啊。

特里：我在美國擔任過促進休閒用品的銷售工作
，所以想在日本也從事這種工作。

太田：我對這方面一竅不通，不過在我的朋友裏
頭，有人擔任體育用品大製造廠的董事，要不
要我給您介紹一下？

特里：務請幫忙。在日本，如果沒有人介紹，對
方常常不予接見……對了，太田先生，您要用
什麼？（將菜單遞給太田）

太田：來點魚比較好。最近胖了一點，所以不太
敢吃肉。

特里：那麼，B套便餐怎麼樣？油炸板魚……

太田：那好呀，就來個B套便餐吧。

場的產銷計劃。　　2.販売促進：促進銷售。調查研究如何促
進銷售。　　3.手がける：親自動手，親自做。△手がけたこ
とのない仕事/ 沒做過的工作。　　4.レジャー：閒暇。△レ
ジャー用品/ 休閒用品。　　5.大手：大戶。　　6.～ないと
～ない：不…就不…，要…才能…。△彼に聞かないと分から
ない/ 不問他不知道。　　7.召し上がる：吃，喝(的尊敬語)。
△お酒（さけ）を召し上がりますか/ 您喝（日本）酒嗎？
8.手渡す：面交，親手交給，傳遞。　　9.～ぎみ（気味）：
(接體言或動詞連用形後面) 有點兒，稍微。△少し疲（つか）
れぎみだ/ 覺得有點兒累。　　10.控える：節制，控制。△
食事（しょくじ）を控える/ 節制飲食。

テリー：じゃあ，ちょっと，お待ちください。
ワイン¹を選びますから……。

常用語

●営業開始

A：太田さん，今日はお忙しいところをおいで
いただきまして，ありがとうございます。

B：いえ，いえ。こちらこそ，ご招待ありがと
うございます。先日，あいさつ状をいただき
ましたが，いよいよ営業開始ですね。

A：ええ，おかげさまで，やっと準備が整いま
したので，今週から仕事を始めたばかりです
が……。

B：それは，よかったですねえ。おめでとうご
ざいます。

A：ありがとうございます。太田さんには大変
お世話になりました。今後ともよろしくご指
導ください。

●今後の展望

A：今のところ，わが社の本業は市場調査です
が，今後は商品開発や販売促進も手がけてい
きたいと考えているんです。

特里：那麼，請稍等一下，我去挑點葡萄酒。

常用語

　　●開始營業

Ａ：太田先生，今天在您百忙之中特意光臨，非
　　常感謝。

Ｂ：哪裏哪裏。承蒙招待，我才應當感謝。前幾
　　天收到開張請帖，貴公司終於開始營業啦。

Ａ：是的，多虧您幫助，好不容易準備就緒，所
　　以從本星期起剛開始工作……

Ｂ：那太好了。恭喜恭喜！

Ａ：多謝多謝。我們得到太田先生的許多照應，
　　今後也請多加指導。

　　●今後的展望

Ａ：目前我公司的正業是市場調查，可是今後也
　　想從事開發商品和促進銷售的工作。

1.ワイン：葡萄酒。現在日語多用 “ ワイン ”，很少用 “ 葡萄
酒 ”。

Ｂ：なかなか積極的ですね。

Ａ：私は国[1]でも，スポーツ用品の販売促進を担
  当していたことがあります[2]し，日本でもその
  ような仕事をしてみたいんです。

Ｂ：そうですか。仕事柄[3]，いろいろな方面に友
  人がいますから，今後もご紹介しましょう。

Ａ：ぜひお願いします。

●注文

Ａ：太田さん，何になさい[4]ますか。何でもお好
  きなものをどうぞ[5]。

Ｂ：どうも[6]。そうですねえ，今日は魚料理にし
  ましょう。

Ａ：ランチのほかに，一品料理[7]もありますか
  ら，何でも選んでください。

Ｂ：ええ。じゃあ，私はＢランチにします。

Ａ：帆立貝のクリーム煮ですね。ワインはいか
  がですか。

Ｂ：いただきます[8]。ワインはおまかせしますの
  で[9]。

Ａ：はい。

1.国：本國。 2.～たことがある：…過。表示經驗。△高

B：你們非常積極啊！

A：我在國內曾經擔任過促進體育用品的銷售工作，所以在日本也想做這種工作。

B：是嗎。我因為工作關係，各方面都有朋友，以後我還將介紹給您。

A：務必請您幫忙。

●點菜

A：太田先生，您用些什麼？您喜歡什麼就點什麼。

B：謝謝。嗯，今天來個魚吧！

A：除了便餐，還可以點菜，請隨便點……

B：好的，那我要一份 B 套便餐。

A：奶油扇貝嗎？葡萄酒怎麼樣？

B：好啊，葡萄酒請您挑選。

A：好的。

校時代に玉山に登（のぼ）ったことがある/ 高中時期攀登過玉山。　　3.柄：由於…的關係。表示與此相稱的立場、地位、性質、狀態等。△商売（しょうばい）柄/ 因買賣關係。
4.なさる："する"的尊敬語。"～になさる（～にする）"這裏意為"吃（什麼）"。　　5.どうぞ：後面省去"お選びください"。　　6.どうも：後面省去"ありがとうございます"。　　7.一品料理：（根據愛好）點菜，零星點菜。
8.いただきます：吃，喝（的謙讓語）。　　9.おまかせしますので：委託給您，託付給您。後面省去"どうぞよろしく"。

● 63 ●

（八）交渉する 1

　太田氏の紹介で，テリーはスポーツ用品大手メーカーの石川専務に会う。二人は挨拶のあと商談を始める。

テリー：セントルイス[1] のユー・エス・エス社をご存じ[2]でしょうか。

石川：ええ，今まで，取引はありませんでしたが，スポーツ用品の名門[3]企業ですね。

テリー：実は，このたび，私どもがユー・エス・エスの日本総代理店になりましたので，ぜひお取引願いたいと存じ[4]まして……。

石川：そうですか。わが社もユー・エス・エスのテニスラケットには関心を持っ[5]ていましたので，まず，その辺[6]からお話を聞かせていただきたいと思います。

テリー：わかりました。ユー・エス・エスのテ

1.セントルイス：聖路易斯（美國中部城市名稱）。　2.ご存じ：您知道，您認識。"存じ"是"知道""了解"的敬語。△陳先生をご存じでしょう/ 您認識陳老師吧。　3.名門：

(八)業務洽談 1

通過太田先生的介紹，特里去會見體育用品大製造廠的石川專務董事。寒喧過後，他們開始洽談。

特里：請問您可知道聖路易斯的 USS 公司嗎？

石川：知道。到目前為止，我們還沒跟這家公司做過生意。這是一家體育用品方面很有名望的企業，是吧。

特里：不瞞您說，我們公司這次成為 USS 公司在日本地區的總代理店，務必希望貴公司跟我們建立往來關係……

石川：是嗎。我們公司對 USS 公司的網球拍很感興趣，就請您先從這方面談起吧。

特里：好的。USS 公司的網球拍品質優良，這

名門，世家，著名的，有名望的，具有優良傳統、聲譽卓著的機關企業。△高校野球（やきゅう）の名門校/ 高中棒球比賽很有名氣的學校。　　4.存じる：想。"思う"的自謙語。△近いうちにまたお伺いしたいと存じます/ 我想在近日內再來拜訪。　　5.関心を持つ：關心，感興趣。△スポーツの中では、特にサッカーに関心を持っています/ 體育當中對足球特別感興趣。　　6.その辺：那一點，那方面。△僕にもその辺の事情（じじょう）がよく分からない/ 我也不很了解這方面的情況。

ニスラケットは品質の良さで定評[1]がありますので，私もぜひ日本へ輸出したいと思っておりました。

石川：品質はいいでしょうが，値段もいい[2]よう
です[3]ねえ。

テリー：やはり，高級品ですから，ほかのメーカーのものよりやや高いと思いますが，円高[4]
の日本では，問題ないと思いますよ。

石川：価格は安いに越したことはありません[5]
が，最近は高級品志向[6]の傾向もありますの
で，売る自信は十分ありますよ。

テリー：御社を通して，日本市場へ参入[7]でき
たら，ユー・エス・エスもきっと大喜びです
よ。

石川：とにかく[8]，まず，見本を見せてもらいた
いと思います。

テリー：見本は，至急[9]取り寄せ[10]ますから，今
日のところは，カタログ[11]をご覧いただきた
いと思います。どうぞ[12]。

1.定評：公認，定評。△世間（せけん）にすでに定評がある
/ 已經得到社會上的公認。　2.値段がいい：價錢貴。△ほ
しいけれど、値段がいいねえ/ 我很想要，可是價錢不便宜啊。

是得到公認的，我們也一直很想出口到日本。

石川：品質大概是不錯，但價錢似乎也不便宜呀。

特里：我覺得這畢竟是高級品，所以價錢比其他
　　　廠稍貴一點，不過現在日本日元升值，（價格
　　　方面）我看沒有什麼問題吧。

石川：價格最好是便宜些，但最近也有傾向高級
　　　品的趨勢，所以在銷售方面我們是有充分信心
　　　的。

特里：如果能透過貴公司進入日本市場，USS
　　　公司一定會很高興的。

石川：總而言之，先讓我們看看樣品。

特里：我會很快取得樣品的，今天想請您先看看
　　　樣本。請看。

─────────

3.～ようです：好像（是）…。表示婉轉的斷定。△あなたと
はどこかでお会いしたようですね/ 跟你好像在哪兒見過。
4.円高：日元升值。1985 年 8 月，1 美元約合 250 日元，後來
日元升值，到1988 年底，1 美元約合 125 日元。　　5.～に
越したことはありません：沒有比…再好的了，最好是…。△
自分（じぶん）でやるに越したことはない/ 最好是自己動手。
6.志向：志向，嚮往。　　7.参入：進入。△新規企業が参入
する/ 新辦企業加入。　　8.とにかく（兎に角）：總之，不
管怎樣，無論如何，其他暫且不談。△とにかく昼まで待って
見よう/ 總之，等到中午再說吧。　　9.至急：火速，趕快。
△至急ご返事ください/ 請火速回信。　　10.取り寄せる：
令（從遠方）寄來。△産地（さんち）から取り寄せる/ 令從
産地寄來。　　11.カタログ：樣本，商品目錄。　　12.どう
ぞ：後面省去"ご覧ください"。

石川：じゃあ，拝見します。

常用語
●自分の立場を説明する

A：シカゴのユー・エス・シー社はご存じでしょうか。

B：ええ。医療機器の名門企業ですね。

A：ええ。実は，このたび，私どもがユー・エス・シーの日本総代理店になりまして……。

B：ああ，そうですか。

A：ええ。そこで，ぜひ，お取引願いたいと思いまして本日はうかがいました。

B：はい。ユー・エス・シーとは今まで取引ありませんでしたが，わが社も注目していた企業です。

A：ああ，そうですか。
●商品 P. R. [1]

B：では，さっそく，お話をうかがいましょう。

A：はい[2]。ユー・エス・シーの製品は，品質の良さで定評がありますので，ぜひ日本市場へ出したいと思っていたもの[3]なんです。

B：価格のほうはどうですか。

石川：那麼讓我看看。

常用語

　　●說明自己的立場

A：請問，您知道芝加哥的 USC 公司嗎？

B：知道。醫療機器非常出名的一家企業，是吧?

A：對，不瞞您說，我們公司這次成為 USC 公
　　司在日本地區的總代理店。

B：啊，是嗎。

A：欸，所以，今天來拜訪您，希望貴公司務必
　　跟我們建立往來關係。

B：好的，跟 USC 公司過去雖然沒有往來，但
　　是這家企業也是引起我們公司注意的。

A：噢，是嗎。

　　●商品介紹

B：那麼，就請您談談。

A：好的。USC 公司產品品質優良，這是得到
　　公認的。所以我們一直想推向日本市場。

B：價格方面怎麼樣？

1.P.R.：宣傳，廣告，公關。　　2.はい：是的，好的。表
示同意。△はい、おっしゃるとおりです/ 是的，您說得很對。
3.もの：指 USC 公司的產品。

A：やはり，高技術の製品ですから，ほかのメーカーのものよりやや高いかもしれませんが，円高の日本では問題ないだろうと思います。

B：そうですねえ。最近は品質志向の市場になってきていますから，売れるでしょう。

　　　●カタログを見せる

A：こちら[1]を通して，日本市場へ参入できたら，ユー・エス・シーもたいへん喜ぶと思います。

B：今後，社内で検討しますが，まず，商品見本を見せていただけますか。

A：はい。見本は至急，取り寄せます。申し訳ございませんが，今日のところは，このカタログでご検討ください。

B：はい。

1.こちら：指貴公司。

Ａ：這畢竟是高技術產品，所以也許比其他廠家
　　稍貴些，我想，在日元升值的日本，大概沒有
　　什麼問題。

Ｂ：是啊，最近市場上開始講究品質，大概賣得
　　出去吧。

　　　　●出示目錄

Ａ：如果能夠透過貴公司進入日本市場，我想
　　USC 公司也會很高興的。

Ｂ：今後我們在公司內部研究一下。您可以先給
　　我們看看商品樣品嗎？

Ａ：可以，樣品馬上讓他們寄來。很抱歉，今天
　　請先研究一下這個樣本。

Ｂ：好吧。

（九）交渉する 2

　　テリーは，スポーツ用品の大手メーカー
——極東スポーツ用品会社との取引を望ん
だ。今日，石川専務はテリーにいくつかの
ことを聞こうと思い[1]，テリーをオフィスに
呼んだ。

石川：テリーさん，今日はお忙しいところをお
　　　呼びたて[2]して，恐縮です。

テリー：とんでもございません。ちょうど，外
　　　出先[3]から帰ったところへ[4]お電話いただきま
　　　したので，すぐこちらへ参りました。

石川：実は，きのうユー・エス・エスから見本
　　　のラケットが届きましてね。今，技術部が検
　　　査しているところ[5]なんです。

テリー：さようでございますか[6]。では，もう専
　　　務は現物[7]をご覧くださいましたね。

石川：ええ，見せてもらいましたよ。期待以上[8]

1.～うと思う：想要…。△今日ははやく帰ろうと思う/　今天

・ 72 ・

㈨業務洽談 2

特里希望與體育用品大廠商——遠東體育用品公司建立業務往來。今天，石川專務董事想問特里幾個問題，把特里請到公司來。

石川：特里先生，今天在您百忙當中特地把您請來，很過意不去。

特里：哪兒的話，我剛剛外出回來，接到您的電話，立刻就來了。

石川：是這樣的，昨天 USS 公司寄來了球拍的樣品，現在技術部正在檢驗。

特里：是嗎。那麼您也看過實物嘍。

石川：是啊，我也看了。這種球拍比我們期望的

我想早點回去。　　2.呼びたて：特地叫來。"お呼びたてする"可以對顧客或上級使用。　　3.〜先：去處，目的地，地點。△勤め先/ 工作地點，工作單位。　　4.〜たところへ：正在這個當兒，這時。△店（みせ）へ入ったところへ彼女（かのじょ）がやってきた/ 我剛進店鋪，她走過來了。　　5.〜ているところ（だ）：正在…。△いま食事（しょくじ）しているところです/ 現在正在吃飯。　　6.さようでございますか：是嗎。比"そうですか"有禮貌，售貨員對顧客常用。7.現物：現有物品，實際物品，現貨。　　8.〜以上：（程度）超出，更多。△予想（よそう）以上に高い値段でした/ 價錢比預計的還要貴。

にずばらしいラケットですね。さすがに高い
だけのことはあります[1]ね。

テリー：ありがとうございます。そうおっしゃっ
ていただきますと，一安心[2]です。

石川：ところで，この取引については，これから
役員会で検討することになっています[3]が，そ
の前に，聞いておきたいことがあります。

テリー：はあ，どんなことでしょうか。

石川：まず，納期ですが，契約してから，どの
くらいで納品できますか。

テリー：数量にもより[4]ますが，かなり在庫があ
りますから，契約後，6週間以内に納品でき
ると思います。

石川：次に，これらのラケットは委託生産ベー
ス[5]でも，発注できますか。

テリー：つまり，オー・イー・エム[6]での供給
ということですね。

石川：そうです。役員の中にはわが社の商標に
こだわる[7]者もいるので，一応聞いておきた
いんです。

1.さすがに～だけのことはあります：到底是…，不愧是…
（没有徒勞無益）。△さすがは努力（どりょく）しただけの
ことはある／到底是努力了，沒有白費。　2.一安心：姑且

還要好。價錢貴，東西到底不錯。

特里：謝謝您。經您這麼一說，我也總算放下心
了。

石川：那麼，關於這筆生意，下一步董事會上要
研究。在這之前，有些事情我想先向您了解一
下。

特里：噢，什麼事啊？

石川：首先是交貨期。簽約之後，要多少時間才
能交貨？

特里：這要看數量，不過有相當一部分庫存，所
以我想，簽約後 6 個星期以內就可以交貨。

石川：其次，這些球拍採取委託生產方式也可以
訂貨嗎？

特里：就是說，採取外包生產方式供應，是嗎？

石川：是的。因為董事中間也有人會堅持用本公
司商標，所以姑且問一下。

放心，總算放心。"一（ひと）"意為"略微""稍微"。△
無事（ぶじ）と聞いて一安心する/ 聽説平安無事，姑且放了
心。　　3.～ことになっています：預定，決定，規定。表示
決定的事情一直存在着。△大学生は原則（げんそく）として
寮（りょう）に入ることになっている/（規定）大學生原則
上都要住宿舍。　　4.～による：要看，在於，取決於。△成
功（せいこう）するかどうかは、今後の努力如何（いかん）
によるだろう/ 成功與否，恐怕要看今後的努力如何。　　5.
ベース：基礎，基準。　　6.オー・イー・エム（O.E.M.）：
共同合作生產。　　7.こだわる：拘泥。△形式（けいしき）
にこだわる/ 拘泥於形式。

テリー：これは，ユー・エス・エスと相談しま
せんと，お答えできませんが。

石川：私個人としては[1]，ユー・エス・エスの
トレード・マーク[2]の方が売りやすいと思い
ますが，まあ[3]，一度，相談しておいてくだ
さい。

テリー：承知しました。

常用語

●相手を会社に呼ぶ

A：今日は，お忙しいところをお呼びたてして，
申し訳ありません。

B：とんでもございません。こちらこそ，早速，
ご連絡いただきまして，ありがとうございま
す。

●見本が届く

A：先日の，ユー・エス・エスの件[4]ですが，き
のう見本のゴルフクラブが届きました。今，
QA課[5]（品質保証課）へまわし[6]て検査して
いるところです。

B：そうですか。では，もう池田専務もご覧く
ださいましたか。

特里：這個若不跟 USS 公司商量，就難以回答。

石川：就我個人來講，我想還是用 USS 公司的
　　　商標好銷，不過，請您也商量一下看看。

特里：知道了。

常用語

　　　●請對方來公司

A：今天在您百忙當中把您請來，真對不起。

B：哪兒的話。您很快給我們聯繫，倒是我們要
　　謝謝您了。

　　　●樣品寄達

A：前些日子談到有關 USS 公司這件事情，昨
　　天高爾夫球桿樣品寄到了。現在已轉到品質檢
　　驗科，正在進行檢驗。

B：是嗎。那麼，池田專務董事您也已經看過啦？

1.～としては：作為…來説。用於表示某種身份、立場、處境。
△学生としては上手（じょうず）だよ/ 作為學生來説，很好
嘛。　　2.トレード・マーク：商標。　　3.まあ：暫且，先。
△まあ、坐ってお茶でも飲んでください/ 你先坐下來，喝杯
茶吧。　　4.件：事情，事件。△例の件/ 所説的那件事。
5.QA 課：即 quality assurance，品質檢驗科。　　6.まわ
す（回す）：轉到，轉送。△書類（しょるい）を係（かかり）
へ回す/ 把文件轉給有關人員。

A：ええ，見せてもらいました。

B：それでいかがでしたでしょうか。

A：非常にいいですね。期待以上の出来[1]ですね。

B：ありがとうございます。それを伺って一安心です。よろしくお願いします。

　　●ビジネス交渉開始

A：ところで，取引をさせていただく[2]かどうかは，これから役員会で検討することになっているんですが。

B：はい。

A：もちろんQA課の検査結果が出てからですけれども。

B：はい。

A：その前に，聞いておきたいことがいくつかありまして……。

B：はい。

　　●OEM供給

A：次に，これは委託生産ベースで発注できますか。

B：OEMですね。

A：ええ。

A：嗯，我看過了。

B：那麼，您看怎麼樣啊？

A：非常好，做得比預期的還好。

B：謝謝您，聽您這麼說，我也總算放心了。請多關照。

　　　●開始業務洽談

A：可是，是否跟貴公司做買賣，下一步要由董事會來研究。

B：噢。

A：當然這要等品質檢驗科檢驗結果出來以後。

B：是。

A：在這以前，有幾個問題，我想向您了解一下……

B：好的。

　　　●外包生產供應

A：下一個問題是，可以按委託生產方式訂貨嗎？

B：您是說外包生產嗎？

A：是的。

1.出来：（做出來的）結果，品質。△この服は出来が悪い／這件衣服做得不好。　　2.～させていただく：請允許我…，請讓我…。△一日休業（きゅうぎょう）させていただきます／（請允許我們）停止營業一天。

B：これはユー・エス・エスと相談しませんと
お答えできませんので，早速，連絡をとっ[1]て
みます。

B：這要跟 USS 公司商量之後才能答覆，我馬上聯繫一下看看。

（十）交渉する 3

　石川氏が突然テリーを訪ね，ユー・エス・エスと極東スポーツ用品会社との取引について非公式に討議した。

石川：今日は突然伺いまして，失礼しました。この近くの銀行に来たついでに[1]，寄っ[2]たんですが……。

テリー：さようでございますか。お電話いただければ，私がすぐお伺いいたしましたのに[3]……。

石川：実は，例の[4]取引について，わが社の方でも方針が決まりつつある[5]ので，事前に条件をつめ[6]ておきたいと思いましてね。

テリー：条件とおっしゃいますと[7]？

石川：まず，オー・イー・エムでの取引は可能ですね。

テリー：はい，先日電話でお話ししましたよう

1.ついでに（序でに）：順便，就便。△銀行へ行くついでに、この手紙を出してください/ 您去銀行時，請順便把這封信寄

㈩業務洽談 3

石川先生突然拜訪了特里，並就 USS
公司與遠東體育用品公司的交易，進行了非
正式的討論。

石川：今天突然來拜訪你，很對不起！我是到這
　　　附近的銀行去，順便過來的。

特里：是嗎。您只要來個電話，我馬上會去拜訪
　　　您的呀……

石川：是這樣的，關於那筆買賣，我們公司的方
　　　針也正在確定，所以我想事先把條件談攏。

特里：您講的條件指的是……

石川：首先，外包生產是有可能的，是吧？

特里：是的，前幾天在電話裏已經跟您談過，

出去。　　2.寄る：順便去，順路到。△帰りに君の所にも寄
るよ/ 回去時順便也要到你那裏去看看。　　3.～のに：作終
助詞，表示不滿、遺憾等語氣。這裏表示非出於本意。△部屋
（へや）がもう少し広ければいいのに/ 房間再大一些就好了
（真可惜）。　　4.例の：（談話雙方都知道的）那個。△例
の件はどうなったか/ 那件事情怎麼樣了？　　5.～つつある：
正在…。△目下（もっか）進行しつつある/ 目前正在進展之
中。　　6.つめる（詰める）：將討論研究推進到最後階段。
△取引条件をつめる/ 把買賣條件談妥（談攏）。　　7.おっ
しゃいますと：後面省去" 何の条件のことでしょうか"。

に，ユー・エス・エスも異存[1]はございませ

ん。ただ，価格の面でやや割高[2]になるのは

避けられませんが……。

石川：それも注文の数量次第[3]でしょう。

テリー：はい，おっしゃる通りです[4]。オー・

イー・エムでしたら，少なくとも[5]，千ダース

ぐらいはご注文いただかないと[6]……。

石川：今回は三千ダースぐらいを考えています

から，それなり[7]の値引きもお願いしますよ。

テリー：三千ダースですか。それはありがとう

ございます。値引きも十分検討させていただ

きます。

石川：建値[8]はドル建て[9]ですね。

テリー：はい，ユー・エス・エスはドル建てを

望んでおります。

石川：仕切り条件は[10]？

テリー：エフ・オー・ビー[11] ニューヨークで，

いかがでしょうか。

石川：結構です。積み荷の保険はこちらの負担

になるわけですか。

1.異存：異議，反對意見。△異存がある/ 有異議。　　2.割

高：（就質和量來説）價錢比較貴。△バラで買うと割高にな

USS 公司也沒有異議。只是價格方面難免要
貴些。

石川：那也要看訂貨數量來定吧？

特里：您說得對。外包生產的話，至少要請您訂
1 千打左右。

石川：這次考慮訂 3 千打左右，因此，也要請您
相應地減些價呀！

特里：3 千打嗎？那太感謝了。關於減價問題也
請允許我們充分研究一下。

石川：價格是用美元計算吧？

特里：是的，USS 公司希望用美元計價。

石川：交貨條件呢？

特里：用紐約離岸價格您看如何？

石川：可以，貨物保險由我方負擔，是嗎？

る/ 賣散裝的價錢比較貴。　　3.次第：全憑, 要看…(而定)。
△これから先は君の腕（うで）次第だ/ 今後就看你的本事如
何了。　　4.～通りです：正如…那樣。表示情況、狀態相同。
△今お聞きになりましたとおりです/ 正如您剛才聽到的那樣。
5.少なくとも：至少, 最低限度。△駅（えき）まで少なくと
も 30 分はかかる/ 到火車站至少要 30 分鐘。　　6.～ないと：
後面省去 " なりませんが…"。　　7.それなり：（雖然不充
分）相應地, 恰如其分地。△それなりの価値（かち）がある
/ 有它一定的價值。　　8.建値：標準價格, 計價。　　9.～
建て：表示用某種貨幣計價。△円建て/ 以日元計價。　　10.
仕切り条件は：後面省去 " どうでしょうか "。　　11.エフ・
オー・ビー（F.O.B.）：離岸價格。

テリー：はい，買い手負担になっています。ところで，支払い条件は100パーセント エル・シーでいかがでしょうか。

石川：100パーセント エル・シーですね。考えておきます。じゃあ，今日は突然おじゃまして失礼しました。近いうちに，正式な契約ができると思いますが，それには価格がかぎになると思いますよ。

テリー：わかりました。今日はわざわざお立ち寄り[1]くださいまして，ありがとうございました。今後とも，よろしくお願いいたします。

常用語

●発注の形

A：先日はどうもありがとうございました。

B：いいえ，こちらこそ，ありがとうございました。

A：実は今日は，例の件で，もう少し条件をつめておきたいと思って，伺いました。

B：はい。

A：まず，委託生産ベースの発注は可能かどうかですが……。

特里：是的，由賣方負擔。還有，付款條件全部
　　　金額用信用狀，您看如何？

石川：全部金額用信用狀嗎？讓我們考慮一下。
　　　今天突然來打擾你，很抱歉！我想最近可以正
　　　式簽約，不過，我看關鍵還是在於價格。

特里：明白了。今天您特意到這裏來，謝謝您了
　　　。今後還請多多關照。

常用語

　　●訂貨方式

Ａ：前些日子實在感謝您了。

Ｂ：哪裏，我才應當感謝您了。

Ａ：是這樣的，關於那筆買賣，今天我來是想進
　　一步把條件談好。

Ｂ：好的。

Ａ：首先是，是否有可能以委託生產方式訂貨？

1.立ち寄る：順便到。△学校の帰りに図書館に立ち寄る／學
校的歸途中，順便到圖書館去。

B：はい，それは先方[1]から了解を取り[2]ました
ので，OEM でやらせていただきます。

A：そうですか。では，それは問題ないですね。

●価格と発注数

A：次に価格の件なんですが……。

B：はい。やはり高級品ですから，そう[3]安くは
できないと思うんですが。

A：しかし，それは注文の数量次第ですよ。

B：はい。おっしゃる通りです。一万二千個く
らいご注文いただければなんとか[4]……。

A：今回，わが社では二万個ぐらいの発注数を
考えているんですが，いかがですか。

B：そうですか。それでしたら，必ず値引きを
検討させていただきます。

A：ぜひ，お願いします。

●建値，仕切り条件

A：そして建値は？

B：はい，建値はドル建てでお願いしたいと思
います。

A：はい，それも問題ありません。

1.先方：對方，目的地。　2.了解をとる：取得諒解。
3.そう：那樣地，那麼。△そう怒（おこ）るなよ／你可別那

B：噢，這已經取得了對方的諒解，所以我們就採取外包生產方式。

A：是嗎。那麼，這一點沒問題嘍。

　　●價格和訂貨數量

A：其次是價格問題……

B：欸！我想，這畢竟是高級品，因此不可能那麼便宜。

A：可是，這要看訂貨數量來定吧？

B：是的，您說得對。如果能夠訂購1萬2千個左右，我們就想個辦法。

A：這一次，我們公司考慮的訂購數量是2萬個左右，您看怎麼樣？

B：是嗎。那樣的話，我們一定研究一下降低價格問題。

A：務必請您幫忙。

　　●價格，交貨條件

A：還有，用什麼貨幣計價呢？

B：噢！我們希望用美元計價。

A：好的，這也沒問題。

樣生氣嘛。　　4.なんとか：想辦法，設法。後面省去"值引きいたしますが"。△なんとかしてください/ 請給我想個辦法。

B：また，受け渡し条件ですが，F. O. B. でお
　願いできますか。

A：はい，結構です。船・保険とも¹こちらで手
　配²できますから。

B：よろしくお願い致します。

　　●支払い条件

A：最後に，支払い条件について伺いたいんで
　すが。

B：はい。荷物到着後2週間以内の送金³でお願
　いできますか。そしてLCも 開いていただけ
　ますでしょうか。

A：はい，それも問題ないだろうと思いますが，
　役員会で検討しておきます。

B：よろしくお願いいたします。

A：近いうちに，正式契約ができるといい⁴と
　思っていますので，価格の件はよろしくお願
　いします。

B：わかりました。われわれもぜひ契約を結び
　たいと思いますので，よろしくお願い致しま
　す。

1.とも：都，全。△男女（だんじょ）とも優勝（ゆうしょう）
した/ 男女隊都獲得了冠軍。　　2手配：籌備，安排。△い

Ｂ：再就是交貨條件，可以請您按離岸價格嗎？

Ａ：可以，船和保險我們都可以安排。

Ｂ：那就拜託了。

　　●付款條件

Ａ：最後，我想聽聽有關付款條件問題。

Ｂ：好的。貨物到達兩週以內匯款，可以嗎？還有，可以開個信用狀嗎？

Ａ：我想這大概也沒問題，我們在董事會上先研究一下。

Ｂ：那就拜託了。

Ａ：我想近期內能夠簽約就好了，所以價格方面，請多關照。

Ｂ：明白了。我們也想務必要把合約簽訂下來，所以請多多關照。

そいで車（くるま）を手配する/ 趕快準備小轎車。　　3.送金：匯款，寄錢。△国（くに）の母に送金する/ 給家鄉的母親寄錢。　　4.～といい：（最好）…就好了。表示自己的希望。△陳さんの病気が早くなおるといい/ 老陳的病早點兒好就好了。

（十一）契 約 す る

　販売契約サインのため，テリーが石川氏
を訪ねる。石川氏，納期を確認してサイン
する。

テリー：きょうは契約書を 持ってまいりまし
　た。内容は前回の打ち合わせ[1]通りですが，ご
　覧になってください。

石川：では，拝見しましょう。結構ですが，契
　約する前に確かめ[2] ておきたいことがありま
　す。

テリー：なんでしょうか。

石川：納期の件ですが，これは守って もらえる[3]
　でしょうね。

テリー：はい，きょう契約していただければ，
　今晩ユー・エス・エスに連絡して，すぐ生産
　態勢に入ら[4]せます。

石川：わが社はさ来月からテレビや雑誌などの
　メディア[5]を 使ってキャンペーン[6] を始めま
　す。発売[7]日も発表してしまいます[8]からね。

(十)簽訂合約

為了簽訂銷售合約，特里去拜訪石川。

石川確認了交貨期之後，就簽了字。

特里：今天我把合約帶來了。內容跟上次商量的一樣。請過目。

石川：那我拜讀一下。（這樣）很好。不過在簽約之前，有一件事我想確認一下。

特里：是什麼事情？

石川：就是交貨期，這大概能夠遵守吧！

特里：能。今天您簽了合約，今晚我就跟USS公司聯繫，馬上準備生產。

石川：我們公司從下下個月起，利用電視、雜誌等傳播媒介開始宣傳活動。哪一天發售也要公布，所以……

1.打ち合わせ：事先商量，接洽。　2.確かめる：弄清，查明。△相手の意向（いこう）を確かめる/ 弄清對方意圖。3.もらえる："もらう"的可能動詞。　4.生産態勢に入る：準備投入生產。　5.メディア：媒介，手段，方式。　6.キャンペーン：運動，宣傳活動。　7.発売：發售，出售。8.発表してしまいます："～てしまう"這裏表示不可挽回。

テリー：問題ありません。ユー・エス・エスも
違約金[1]は払いたくありませんから……。

石川：わが社としては,違約金をもらっても[2],
信用を失っては[3]困ります。以前,海外からの
製品の輸入がストで遅れて,担当者が責任を
取らされ[4]たことがあるんですよ。

テリー：それはご心配なく[5]。ユー・エス・エス
は組合[6]と長期協定がありますから,ストは
ありえません[7]よ。

石川：それは結構です。では,さっそく契約書
にサインしましょう。

テリー：ありがとうございます。

常用語

❸契約書を見せる

A：テリーさん,どうぞ,お掛けください。

B：はい。本日はご契約をいただける[8]という
ことで,ありがとうございます。

A：少し時間がかかってしまいました[9]が,よろ
しくお願いいたします。

1.違約金：違約罰金。　2.～ても：即使…也…。△いくら
金があってもだめだ/ 即使有多少錢也不行。　3.～ては：

特里：沒有問題。USS 公司也不想支付違約金。

石川：就我們公司來說，即使拿到了違約金，對
　　　顧客卻失去了信用，這就糟了。以前曾經因罷
　　　工而延誤了國外產品的進口，經辦人被追究過
　　　責任。

特里：這一點您不必擔心。USS 公司跟工會訂
　　　有長期協議，所以不會發生罷工。

石川：這樣很好。那我就在合約上簽字吧。

特里：謝謝。

常用語

　　●出示合約

A：特里先生，請坐。

B：謝謝。聽說今天能簽合約，謝謝您了。

A：為了簽合約，花了一些時間了，今後請多關

如果…可就…。提出導致不如意或後果不好的消極條件。△雨
が降っては困る/下雨可就糟了。　　4.責任を取らされる：
"責任を取る"，為…負責，被追究責任，引咎辭職。"取ら
される"為"取る"的使役加被動態（取らせられる→取らさ
れる），意為"被迫…""不得不…"。　　5.ご心配なく：
請不必擔心。"なく"是文言形容詞"なし"的連用形，等於
"しないで（ください）"。　　6.組合：即"勞働組合"工
會。　　7.ありえません：不會有。"ありうる""ありえる"
的否定式。　　8.契約をいただける：等於"契約書をいただ
ける"或"契約書にサインをしていただける"。"いただけ
る"是"いただく"的可能動詞。　　9.～てしまいました：
這裏表示非出於本意。

B：こちらこそ。では，早速ですが，正式の契
約書を持って参りました。どうぞ¹，こちら²
です。（相手が読みやすいように³して，テー
ブルの上に静かに置く。または手渡す。）内容
は前回の打ち合わせ通りですが，ご確認くだ
さい。

A：では，拝見します。

　　●契約書のサイン

A：はい，結構ですね。念のため⁴，最後にもう
一度確認しておきたいのですが。

B：はい，何でしょうか。

A：納期の件ですが，これは間違いないですね。
というのは⁵，さ来月から，テレビ・新聞・雑
誌などで宣伝を始めて，発売日も発表します
のでね。

B：それは，全く問題ありません。今回の生産
は日程的に十分余裕がありますから。

A：そうですか。それなら安心です。では契約
書にサインをしましょう。

B：はい。ありがとうございます。

1.どうぞ：後面省去“ご覧ください”。　　2.こちら：即
“これ”，指合約。　　3.〜ように：為了，以便。帶有期望
實現、向目標接近等語氣。往往要倒譯。△遅れないように早

照。

B：哪裏哪裏。那麼，就談正題吧！我把正式合約帶來了。請看，這就是。（輕輕地放在桌上，使得對方容易看。或者親手交給對方）內容完全照上次商量的，請確認一下。

A：那讓我拜讀一下。

●合約簽字

A：這樣很好啊。為了慎重起見，我想最後再確認一下。

B：噢，確認什麼呀？

A：就是交貨期。這不會有差錯吧？因為從下下個月起，我們要在電視、報紙、雜誌上開始宣傳，也要公布發售日期。

B：這完全沒有問題。因為這次生產，在日程上充分留有餘地的。

A：是嗎。這就放心了。那我就在合約上簽字吧！

B：好的，謝謝。

く行こう/ 我們快點去，免得遲到。　　4.念のため：為了慎重起見，為了明確起見。△念のため、一言（ひとこと）つけ加えておきます/ 為了慎重起見，我再補充一句。　　5.というのは：（之所以如此）是因為…，這是因為。△あの人は信用できない。というのは一度騙（だま）されたことがあるから/ 那個人不可靠，因為被他騙過一次。

（十二）日 本 企 業

　テリーはジェトロに太田氏を訪ね，極東
スポーツ用品会社との商談の成果について
報告し，日本でのビジネスについて話し
合った。

太田：やあ[1]，テリーさん，よくいらっしゃいま
　　　した。商売のほうはいかがですか。

テリー：おかげ様で，最近，大きな契約が取れ
　　　ましたので，今日はそのご報告に参りました。

太田：それはおめでとう。どんな契約ですか。

テリー：私どもはアメリカのスポーツ用品メー
　　　カー，ユー・エス・エスの代理店をしていま
　　　すが，今度，日本のメーカーにテニス・ラ
　　　ケットをオー・イー・エムで供給する契約を結
　　　んだのです。

太田：そうでしたか。初取引のご感想は[2]。

テリー：日本の取引のやり方がだんだんわかっ
　　　てきましたが，初めはずいぶん不安でした。
　　　見積もりを出してから契約にこぎつける[3]ま

（十二）日本企業

　　特里到日本貿易振興會去拜訪太田，報告他與遠東體育用品公司洽談中所取得的成果，並談論在日本的商務。

太田：喲，特里先生，歡迎歡迎。買賣如何了？

特里：托您的福，最近簽了一份大的合約，所以今天來向您報告的。

太田：那要恭喜您了。是什麼樣的合約？

特里：我們公司作為美國體育用品製造廠 USS 公司的代理店，這次和日本廠家簽訂了以外包生產方式供應網球拍的合約。

太田：是嗎。做成第一筆生意，您有何感想？

特里：我逐漸懂得了日本做買賣的方式。開始時，心裏非常不安。提出估價單之後，到達成協

1.やあ：喲，哎呀。△やあ、しばらく／哎呀，少見少見。
2.ご感想は：後面省去"いかがですか"。　　3.こぎつける（漕ぎつける）：努力做到（達到）。△やっとのことで妥協（だきょう）にまでこぎつけた／好不容易實現妥協。

で，ずいぶん時間がかかりましたから，一時[1]はだめかと思いましたよ。

太田：それはいい経験をしましたね。日本の市場に参入するのに[2]，忍耐が必要だということを勉強できたんですから……。

テリー：そうも言えますが，私にはまだ日本の企業の意思決定の機構が納得いかない[3]んですよ。担当の重役[4]が決意したにもかかわらず[5]，社内の合意[6]を取り付ける[7]のに，数週間もかかったんですから……。

太田：まあ，その間に関係部署に根回し[8]したり，ほかの役員[9]の支持を求めたりしていたんだと思いますがねえ。

テリー：そうでしょうね。私もほかの部に呼び出さ[10]れて，材料の発注方法や品質管理についてかなり詳しく聞かれたこともありました。

太田：どこの会社も新しい取引には慎重なんですよ。とにかく，今後も頑張ってください。

1.一時：一時，當時。△一時はどうなるかと心配した/當時擔心不知會怎樣。　2.～のに：表示目的。與"～のには"同。　3.納得いかない：不能理解，想不通。"納得"後面

議，費了很長時間，一度以為是不行了。

太田：那您取得了一個很好的經驗。因為您學到
　　了在把產品打入日本市場方面需要耐心。

特里：也可以這麼說。不過，我對於日本企業的
　　決策機構還不能理解。儘管負責經辦的董事下
　　了決心，但是為了取得公司內部的同意，卻花
　　了好幾個星期。

太田：嗯，我想在這期間，他是在向有關部門預
　　先打好招呼，並且尋求其他董事的支持。

特里：大概是吧。我也曾經被叫到其他部門去，
　　對於材料的訂購方法以及品質管理等問題，他
　　們問得相當詳細。

太田：對於新的買賣，任何公司都是非常慎重的
　　。不管怎樣，今後還要加油呀。

省去了 " が " 。　　4.重役：（公司的）董事和監事的通稱。
5.～にもかかわらず：儘管…還…，雖然…可是…。△勉強し
たにもかかわらず成績（せいせき）が悪い/ 雖然用了功，可
是成績不好。　　6.合意：同意。△合意に達した/ 達成協議。
7.取り付ける：取得，達成。△了解を取り付ける/ 取得諒解。
8.根回し：（為順利實現某一目的，進行某項談判等，聯繫有
關方面）預先打好招呼，打下基礎，醞釀（然後在會議上順利
通過）。日本人認為，這種方式雖然需要較長時間，但是為了
謀求有關人員的支持，以取得一致，避免對抗，這是必不可少
的。　　9.役員：（公司的）董事，幹事，幹部。　　10.呼
び出す：叫來，傳喚。△授業中の学生を呼び出す/ 把正在聽
課的學生叫出來。

テリー：ええ。一生懸命やりますから，これか
らもよろしくお願いします。

常用語

❀報告

A：ああ，テリーさん，お久しぶりですね。そ
の後，お仕事の方はいかがですか。

B：はい。太田さんにいろいろご紹介いただい
たおかげで，先日，大きな契約が取れました。
今日は，そのご報告に伺いました。

A：そうですか。それはよかったですね。

B：ありがとうございます。

A：いいえ，それでどんな契約になりましたか。

B：はい，石川さんの会社に，ユー・エス・エ
スのテニスラケットをO E M供給する契約
をいただきました。

A：ああ，そうですか。それはおめでとうござ
います。

❀感想

A：ところで，日本でのビジネスの感想はいか
がですか。

B：そうですねえ。日本のビジネス習慣が少し

特里：是啊。我會努力做的。今後還請您多多指
　　教。

常用語

　●報告

Ａ：喲！特里先生，好久不見了。這一向您工作
　　做得如何？

Ｂ：啊！多虧太田先生給我介紹了許多廠家，前
　　幾天，簽了一份大的合約。今天是來向您報告
　　這件事的。

Ａ：是嗎，那太好了。

Ｂ：謝謝您。

Ａ：不謝。那麼，簽了什麼樣的合約呢？

Ｂ：欸。是跟石川先生的公司簽了一份合約，以
　　外包生產方式供應 USS 公司網球拍的。

Ａ：啊！是嗎。那恭喜您啦。

　●感想

Ａ：那麼，您在日本辦理商務，有什麼感想？

Ｂ：是啊。我逐漸懂得了日本的商業習慣。可是

ずつわかってきましたが，初めは不安になる
こともありました。

A：たとえば，どんなことですか。

B：たとえば，日本では見積書を出してから
契約にこぎつけるまで，ずいぶん手間¹ が か
かるんですねえ。これには驚きました。

A：なるほど²。でも，今後のためにいい経験を
なさいましたね。

●協力

A：どうか，今後もがんばってください。

B：はい。ありがとうございます。一生けんめ
いやるつもりです。これからも何かと相談に
乗っ³ていただきたいと思っていますので，ど
うぞ，よろしくお願い致します。

1.手間：（工作需要的）勞力和時間，工夫。△手間がかかる
／ 費工夫，費事。　2.なるほど（成程）：可不是，的確。
用於肯定對方的話，但對尊長一般不用。對於對方發言的關心
程度比 "そうですか" 強烈。　3.相談に乗る：參與商量。
△その相談には乗りたくない／ 我不想參與商量那件事情。

起初有時也會感到不安。

Ａ：譬如，哪些事情呢？

Ｂ：譬如，在日本，從提出估價單到達成協議，很費時間，這真令人吃驚。

Ａ：的確是這樣。不過，為了今後的工作，您倒是取得了很好的經驗呢！

●協助

Ａ：今後也請多加努力。

Ｂ：是的，謝謝。我是打算多加油的。今後還希望您在各方面幫我出些點子，請多指教。

（十三）会社の夫に電話

　夫の会社に電話するのは、妻にとってなかなか気の重い[1]仕事です。よほどの急用でないかぎり絶対に電話しない[2]でくれ[3]と言いわたし[4]ている男性も多いようです。しかたなく[5]電話する際の例をみてみましょう。

受付：はい[6]、丸山商事でございます。

妻　：あ、もしもし。あの私、営業部でお世話になっております佐藤の家内でございますが、恐れ入ります[7]が主人をちょっとお願いいたしたいのですが。

受付：失礼ですが、営業部に佐藤さんは３人いますが、どちらの佐藤さんでしょうか。

妻　：あの、佐藤弘をお願いいたします[8]。

１．気が重い：心情沈重，心裏不輕鬆。△試験が近づいたので気が重い／因為快要考試了，心裏不輕鬆。　　２．～ないかぎり～ない：只要不……就不……，除非……就不……。表示只要不發生前項條件就不會發生後項事物。△重い病気（びょうき）でもないかぎり、彼は絶対に休まない／如果不是病得很重，他是絶對不會休息的。　　３．～でくれ："～でください"的簡慢説法。　　４．言いわたす：命令，吩咐，宣告。△きびしく警戒（けいかい）するように言い渡された／受命

（十三）打電話給公司裏的丈夫

　　打電話到丈夫工作的公司，對妻子來説是一件精神負擔很重的事情。也有許多丈夫囑咐他們的妻子：除非有相當急的事情，否則千萬不要打電話到公司來。

　　下面我們就來看一個萬不得已而打電話的例子。

總　機：我們是丸山商業公司，您好。

妻　子：嗯，喂！我是營業部佐藤的家屬，佐藤常受到您的照顧。很對不起，我想找他一下，麻煩您……

總　機：對不起，營業部有三位佐藤，您要找哪一位？

妻　子：嗯，請接佐藤弘。

嚴加防備。　　5．しかた（仕方）ない：沒辦法，不得已。△しかたなく謝（あやま）る／不得已道歉，只好道歉。　6．はい：喂，好。用於提醒注意。△はい、こちらを向いて／喂，請看這邊。　　7．恐れ入ります：眞對不起，麻煩您，實在不敢當，實在不好意思。△恐れ入りますが、いっしょに行っていただけませんでしょうか／對不起，您能跟我一起去嗎？　　8．〜をお願いいたします：請……聽電話。

受付：はい、かしこまりました。営業3課にお
　　　つなぎいたします。

3課：はい、3課です。

妻　：あの、いつも主人がお世話様になってお
　　　ります。私、佐藤弘の家内でございますが、
　　　恐れ入りますが主人をお願いできますでしょ
　　　うか。

3課：ちょっと、お待ちください。

3課：佐藤さんは5階の会議室にいらっしゃる
　　　ようです。電話をおまわししますので少しお
　　　待ちください。

妻　：あのう、ご迷惑になるといけませんので
　　　¹、またかけなおじ²ます。

3課：いや、大丈夫でしょう。会議³をしてい
　　　らっしゃるのではなくて⁴、書類の整理をさ
　　　れているようですから。ご心配ないですよ。
　　　それじゃ、ちょっとお待ちください。

妻　：どうも恐れ入います。

佐藤：はい、第6会議室です。

1．〜といけませんので〜：如果……可不好，所以……免得…
…。△風邪（かぜ）を引くといけませんので、早く帰ってお
休みなさい／您早點回去休息，免得感冒。　　2 かけなおす：

總　機：好的，我幫您接營業部第三科。

第三科：喂，這兒是第三科。

妻　子：喂，我是佐藤弘的家屬，佐藤承蒙您的關照。很對不起，能不能麻煩您叫他聽一下電話。

第三科：請稍等一下。

第三科：佐藤先生好像是在 5 樓會議室，我把電話轉過去，請等一下。

妻　子：這……萬一干擾開會就不好，我等會再打吧。

第三科：不，沒關係，好像是在整理資料，不是在開會，您甭擔心，請等一下。

妻　子：那眞過意不去。

佐　藤：喂，這裏是第六會議室。

重新掛（畫），重新打（電話）。△電話番号（ばんごう）を確（たし）かめて、かけなおしてください／請您查對一下電話號碼重打。　　3．会議：開會按日本習慣，機關、公司開會時，一般不接電話。　　4．〜ではなくて〜（だ）：不是……而是……；是……而不是……。中文往往要倒譯。△これは偶然（ぐうぜん）ではなくて必然的（ひつぜんてき）結果（けっか）である／這是必然的結果而不是偶然產生的。

妻　：あ、あなた[1]、わたしですけど。

佐藤：何だ[2]よ、こんなところに電話してきて[3]。

妻　：いえ、かけなおしますって[4]言ったんだ
　　　けど、3課の方が会議じゃないから大丈夫っ
　　　ておっしゃって、まわしてくださったの[5]。

佐藤：会社に電話するなって言ってある[6]だろ
　　　う。何かあっ[7]たのか。

妻　：それが[8]浩二が交通事故にあってね。額
　　　を切って病院に運ばれましたのよ。いま、
　　　病院からなんです。

佐藤：ええっ！どうしたんだ。大丈夫か。車に
　　　ぶつかったのか。

妻　：自転車に乗ってて[9]軽自動車[10]と接触し
　　　たらしいの。自転車が倒れてそのときにけが
　　　をしたんだけど、たいしたことはない[11]って
　　　お医生さんの話を聞いてほっとし[12]たところ[13]。

佐藤：これからすぐ帰るよ。

1．あなた：你（呼喚用語，用於妻子對丈夫）。△あなた、ちょ
っと来てよ／唉，你來一下呀。　　2．何だ：什麼？△これ
は一体（いったい）なんだ／這究竟是怎麼回事？　　3．～
きて：這是倒裝句，正常語序為 "こんな～きて何だよ"。
4．～って：表示引用的補格助詞 "と" 在較為隨便的談話中
往往説成 "って"。本文尚有三例，均同。　　5．の：終助

• 110 •

妻　子：啊！阿弘，是我。

佐　藤：怎麼回事，電話打到這來。

妻　子：不是的，我說等會再打，可是第三科的那位先生說不是在開會沒關係，就幫我轉過來了。

佐　藤：我不是說過不要打公司電話嗎。發生了什麼事？

妻　子：可是，浩二出了車禍，前額受了傷，被送進醫院。我現在是從醫院打電話來的。

佐　藤：什麼！怎麼搞的，要不要緊？是不是給車子撞的？

妻　子：好像是騎脚踏車，跟小型汽車碰擦，脚踏車倒下的時候受的傷。聽醫生說沒什麼要緊，放心吧！

佐　藤：我馬上就回去。

詞，表示說明解釋，等於 " のです "。　　6.～てある：表示某人有意行為所帶來的現狀。△窓を開けてある／（有意預先）打開好了窗戶。　　7.ある：發生（事件等）。△昨日強震（きょうしん）があった／昨天發生了強烈地震。　　8.それが：可是。接續詞。用於與預料、期望相反的場合。　9.～乗ってて："乗っていて"中的"い"在口語裏的省略。10.軽自動車：小型汽車（總排汽量在550cc以下）。　　11.たいしたことはない：沒有什麼了不起。　　12.ほっとする：放心貌。△入学試験が終わってほっとした／考完升學考試，鬆了一口氣。　　13.～たところ（だ）：剛剛。△授業（じゅぎょう）が終わったところです／剛上完課。

（十四）電話の応対[1]

　ことば遣い[2]が乱暴[3]な人は、とくに[4]その乱暴さが電話のときに目立ちます。顔が見えないだけに[5]、声で表現される横柄[6]さ、ずうずうし[7]さが一層強調されるからです。感じ[8]の悪い人の例をあげてみましょう。

A：もしもし、山田商事？

B：はい、山田商事でございます。

A：鈴木専務[9]いる？

B：あいにく[10]、本日は出張中でございますが。

A：あっそう。困るなあ。どこに行ってるの[11]？

B：あの、失礼でございますが、どちら様でいらっしゃいますか？

1．応対：應對，接待，應酬。△応対のうまい人／善於應酬的人。　　2．ことば遣い：説話，言詞，措詞。△人の性格（せいかく）はことば遣いでわかる／人的性格透過説話就能了解。　　3．乱暴：粗暴，粗魯，粗野。△乱暴なことば遣い／説話粗魯。　　4．とくに：修飾"目立ちます"。　　5．〜だけに：正因為……所以……。△責任者（せきにんしゃ）

（十四）電話交談

　　説話粗魯的人，其粗野程度在電話裏尤為明顯。正因為看不見臉面，所以透過聲音表達出來的傲慢無禮、厚顏無恥就益發顯得突出。讓我們來看看這類給人印象很壞的人的例子。

A：喂，山田商業公司嗎？

B：是的，山田商業公司。

A：鈴木專務董事在嗎？

B：很不巧，他今天出差去了……。

A：噢，這樣，傷腦筋，去哪兒啦？

B：嗯，很抱歉，請問您是哪一位？

であるだけに責任（せきにん）は重い／正因為是負責的人，所以責任重大。　　6. 横柄：傲慢無禮，妄自尊大，旁若無人。△横柄な態度（たいど）で人を呼びつける／用傲慢的態度叫人。　　7. ずうずうしい（図図しい）：厚臉皮，厚顏無恥。△あいつはずうずうしい／那傢伙臉皮太厚了。　　8. 感じ：印象，感覺。△感じのいい人／給人好印象的人。　　9. 専務：專務理事，專務董事。位於社長、副社長之下，"常務取締役（じょうむとりしまりやく）"之上。　　10. あいにく（生憎）：不湊巧。△友人を訪ねたが、あいにく留守（るす）だった／訪問了朋友，不巧他不在家。　　11. の：等於"の（です）か"。

A：小宮山商事の社長に決まってる[1]でしょう
　　が。あんた[2]、何年そこの会社に勤めている
　　の？わたしの電話、毎日受けてて[3]、声が覚
　　えられないようじゃ、事務員失格[4]だよ。

B：たいへん、失礼いたしました。鈴木[5]は福
　　岡営業所に行っております。

A：それなら、連絡取れる[6]んだろう。自分の
　　ところの営業所に行ってるんだから。

B：先ほどから、何回か連絡をとっているので
　　すが、外出中でございまして……。

A：だから伝言[7]でも何でも[8]して、わたしのと
　　ころに折り返し[9]電話するように[10]言ってくれ。
　　こっちは急いでるんだから。出張ですなんて、
　　いいかげん[11]なこと言ってないで[12]。

―――――――――

1．〜に決まってる：當然，肯定。"決まっている"中的
"い"在口語裏省略。△夏は暑いに決まっている／夏天當然
是熱。　　2．あんた：你。"あなた"的音便，卑俗而親暱
的説法。　　3．受けてて："受けていて"中的"い"在口
語裏的省略。　　4．失格：失掉資格。△人間（にんげん）
失格／失掉作爲人的資格。　　5．鈴木：按日本習慣，在外
單位人面前，對本單位的人，即使是上司也不用敬稱，所以稱
"鈴木專務"為"鈴木"。　　6．連絡取れる：即"連絡が取
れる"。"取れる"是"取る"的可能動詞。　　7．伝言：
傳説，帶口信。△先生からの伝言を父に伝える／把老師託帶
的口信轉告父親。　　8．〜でも何でも：不管……什麼都；…

Ａ：當然是小宮山商業公司總經理！你在你們公司工作了幾年？每天聽我的電話還聽不出聲音，你當職員不夠格。

Ｂ：很對不起，鈴木專務董事到福岡營業處去了。

Ａ：因為是去自己公司的營業處，那恐怕可以聯繫上囉。

Ｂ：剛才就聯絡了幾次，可是他外出了……。

Ａ：所以，帶個口信什麼的都可以，叫他馬上給我電話。我有急事哪。別拿出差之類的話敷衍了事。

…也好，什麼也好，都……。△スポーツなら、バスケットでも何でもやれます／體育方面，籃球也好，什麼都行。　　9.
折り返し：立即（回信）。△折り返しご返事（へんじ）ください／請立即回信。　　10. ～ように：表示傳話的內容。
11. いいかげん（好い加減）：敷衍、馬馬虎虎。△彼の答弁（とうべん）はすこぶるいいかげんなものだった／他的答辯頗為敷衍搪塞。　　12. 言ってないで：希望不要説。即"言っていないで"。"ないで"接動作動詞後面，作終助詞用，表示向對方提出否定的願望，提請注意、勸告或婉轉的禁止。後面省去"くれ""ほしい""ください"。△何も言わないで（ね）／請你什麼也不要説。

Ｂ：申し訳ございません。さっそく、福岡に電話いたしまして、鈴木と連絡つき[1]しだい[2]、そちらへご連絡するように伝言いたします。

Ａ：そうだよ。そうするのが当然でしょう。じゃ、頼んだよ。

Ｂ：はい、かしこまりました。

1．連絡つき：即"連絡がつく／取得聯繫"。後接"次第"時用連用形"つき"。　　2．〜しだい（次第）：（一俟）

B：對不起您。我馬上打電話到福岡去，一旦和
　鈴木專務董事聯絡上，就告訴他立刻和您聯繫。

A：對啊，本來就該這樣。那就拜託了。

B：是，明白了。

立即，立刻，馬上。△出来（でき）しだい、お届（とど）け
します／一做好，立即送上。

（十五）休暇を取る I

　言葉には、その言葉が示す直接の意味
のほかに、裏の意味がある場合があります。
皮肉の意味やほのか¹な敵意を相手に伝え
る際、あまりはっきり言うより、やんわり
²と、どちらにもとれる言い方で表現する
方が³効果的なこともあります。では、一
例を挙げてみましょう。

　オフィスで、男性、同僚二人の会話。

A：おまえ、このごろ体の調子悪いんじゃな
　いか？

B：いや、そんなことないよ。どうして？

A：いやあ、まじめなおまえにしては⁴、この
　ところ欠勤が多いし……。

B：別に欠勤しているわけじゃない⁵よ。有給
　休暇⁶がずっと繰り越し⁷でたま⁸ってきてて

1．ほのか（仄か）：模糊，隱約。△ほのかに見える／隱約
可見。　　2．やんわり（多與"ほど"連用）柔和地，温和
地。△やんわりと意見する／温和地規勸。　　3．～より～
方が～：……比……；與其……不如……。△聞くより見るほ
うがいい／耳聞不如眼見。　　4．～にしては～：就……而

（十五）請假 I

　　語言有時候除了它所表示的直接意思以外，暗地裏還有另一層意思。有時候，當你向對方表達嘲諷的意思或一絲敵意時，與其說得過分明顯，不如委婉地用模稜兩可的說法來表達較為有效。下面試舉一例。

　　在辦公室，兩個男同事的對話。

Ａ：你近來身體是不是不舒服？

Ｂ：不，沒那回事，怎麼啦？

Ａ：嗯，你工作很認眞，可是近來缺勤很多……。

Ｂ：我並不是缺勤呀。工資照發的休假一直積存

言，作為……來說。表示結果與所期望的相反或大有距離。△一流（いちりゅう）のデパートにしては品数（しなかず）が少ない／作為一流的百貨公司來講，品種太少了。　　5．別に～わけじゃない：並不是（這麼一種道理）。“別に…ない”表示“並不…”。△別にこれという用もない／並沒有什麼事。“～わけじゃない”表示“不是（這麼一種道理）”。△老人（ろうじん）は養老院（ようろういん）に入れば幸（しあわ）せというわけじゃない／老年人不是說進了養老院就算是幸福。6．有給休暇：工資照發的休假。日本1985年工資照發的休假平均一年15.2天，但如本文所表現的，因有種種顧慮或限制，實際使用僅7.8天，這一比例在世界上是最低的。　　7．繰り越し：轉入、滾入。△予算の次年度（じねんど）への繰り越しを許さない／不准把預算轉入下年度。　　8．たまる（溜る）：積存。△雨が降るとすぐ水がたまる／一下雨就積水。

ね。それで、少しは消化してみるかと思っただけさ。

A：先週は３日続けて休んだだろう。課の連中¹も心配しちゃってさ。どこか具合でも悪いんじゃないかって²ね。

B：おかしいなあ、ちゃんと２週間も前に有給休暇届を出しておいたんだけど。別に課長も問題なく認めてくれたし……。有休取るたびに³心配されたんじゃ、かなわない⁴なあ。

A：ひとこと前もって言ってくれれば、こっちも気が楽なのにさ。

B：だから、隣の鈴木に「あしたから３日ほどいなくなるぜ」って言っておいたよ。まわりのやつも「どこに行くんだあ、うらやましいなあ」あんて騒いでたじゃないか。

A：そりゃ、そっちの机ではワイワイやってたかもしれないけど、おれたちのほうは知らないからなあ。

1．連中：伙伴，一伙，同伙。△会社の連中／公司的伙伴，公司裏的人們。　2．～って：表示引用。　3．～たびに

下來了，所以我只不過想把它稍微消化一些看看。

A：上星期你連續休息了三天吧。我們科裏的一些人都替你擔心，説什麼你是不是哪兒不舒服。

B：奇怪了。我規規矩矩地兩個星期以前就預先打好假條，科長也沒説什麼就同意了。每逢我請假就為我擔心，這我可受不了。

A：你事先告訴一聲，我們也不緊張啦。

B：所以我預先告訴旁邊(桌子)的鈴木説："明天起我三天不來了。"周圍的人不是也在吵吵嚷嚷説什麼"你到哪兒去？真叫人羨慕"嗎？

A：你們那邊桌子上，那也許在吵吵嚷嚷，可是我們這兒不知道呀！

（度に）：每當…，每逢…。△彼らは顔を合わせるたびに喧嘩（けんか）する／他們每次見面都吵架。　　4．かなわない（敵わない）：受不了，吃不消。△こう暑くてはかなわない／這麼熱可吃不消。

B：意外[1]とおまえもうるさい[2]ね。いいだろ、
　どうでも。上司から許可を受けた休暇を取っ
　てどこが悪いんだ。頭が古いな。

A：悪いとは言ってないだろ。ただ、どうした
　のかなと同僚のひとりとして心配になると言っ
　てるんだ。

B：それはどうも失礼しました。これからは、
　お休みをちょうだいする前には、ひとつひと
　つ机を回ってご了解をいただくことにしま
　す[3]。これでいいんだろ。

A：そういう意味じゃないけど……。やっぱり、
　忙しい週とかあるだろう。そういうときに
　休まれる[4]と、これは何かたいへんなことが
　あったんじゃないかと思うもん[5]な。

B：要するに[6]、先週はおたくはものすごく[7]
　忙しくて、そのときにおれが休んでたんで[8]、
　頭にき[9]たって[10]ことだろ。はっきり言えよ。

１．意外：出乎意料。“意外”，形容動詞。“意外と”這一
説法出現於 1959 年，現在使用不少。△意外と強い相手（あい
て）／出乎意料強勁的對手。　　２．うるさい（煩い、五月
蠅い）：討厭，愛嘮叨。△うるさいおやじ／愛嘮叨的父親，
多嘴的老板。　　３．〜ことにします：以上兩句故意用敬體，
帶有挖苦意思。　　４．休まれる：這個“れる”是帶有受害

Ｂ：沒想到你也這麼愛嘮叨。不管怎樣，這有什麼關係。得到上司批准的假期有什麼不好，你也是老腦筋。

Ａ：我可沒有説不好。我只是説，作為一個同事擔心你發生了什麼事。

Ｂ：那太對不起您了。今後請假以前，我要到每一張桌子轉一轉，取得各位先生的諒解。這就好了吧。

Ａ：我並不是這個意思。畢竟還是有比較忙的一周吧。這種時候你一休息，總是要想到你是不是發生了什麼大事。

Ｂ：總而言之，上星期你們特別忙，這時候我休假，你們就惱火了，是這麼回事吧。你説清楚嘛。

語氣的被動態。　　5．～もん：（即"ものだ"）總是要……的。説明事態的本性、本質。△やる気になればなんでもやれるものです／想做的話，不管什麼都是做得了的。　　6．要するに：總而言之，簡而言之。△要するに何を言いたいのか／簡而言之，你想説什麼呢？　　7．ものすごい（物凄い）：非常，驚人。△彼は絵がものすごく上手だ／他的畫畫得非常好。　　8．休んでたんで：即"休んでいたので"。　　9．頭に来る：惱火，氣得發昏。△真夜中（まよなか）のいたずら電話は全く頭に来る／深更半夜打電話來搗蛋，實在令人惱火。　　10．～て：等於"という"。

Ａ：そうとがめるな¹よ。おれはただ……。

Ｂ：やめてくれよ。おまえのねちねち²した言
　い草³を聞いていると胸が悪く¹⁴なる。

Ａ：いや、おれは別に……。

1．とがめる（咎める）：責備。△彼をとがめる理由（りゆ
う）はない／沒有理由責備他。　　2．ねちねち：（言行）
不乾脆，絮絮叨叨。△話し方がねちねちする／説話絮絮叨叨。
3．言い草：説法、腔調。多用於貶義。△あいつの言い草が

Ａ：別那麼責備人家呀，我只不過……。

Ｂ：算了吧，聽到你這種絮絮叨叨的腔調就使我
　　噁心。

Ａ：不，我並不是……。

（十六）休暇を取る II

結婚して子供を産んで、そして働き続ける。そういう人が日本でもだんだん増えてきています。しかし、育児のたいへんさは、昔も今と結局同じ。なかなか解決できないむずかしい問題もでてくるものです。自分の立場は主張するけれど、相手の言い分[1]はなかなか親身[2]になって聞けないものです。そんな対立を会話のなかに読みとっ[3]てください。

　　女性同士、職場での会話。

A：ねえ、本当に申し訳ないんだけど、明日午後から、お休みとらせてもらおうと思うの。

B：わたしにあやまることない[4]じゃない。なにかまた、お子さんの関係なんでしょ。しょうがない[5]わよ。

1．言い分：要説的話，主張。△もっともな言い分だ／你説的很有道理。　　2．親身：親如骨肉，親密。△親身になって世話（せわ）をする／親如一家地照顧。　　3．読みとる：領會，理解，讀懂。△目の色で人の心を読みとる／從眼神看

（十六）請假 II

結婚生孩子以後仍然繼續工作，這種人在日本也逐漸增多。然而，養兒育女的辛勞，歸根到底過去和今天都是一樣，會出現難以解決的棘手的問題。一般人常常只顧表明自己的立場，而對於對方的話，就無法以體貼的心情來傾聽。請以下面這段對話來體會其中對立的情形。

兩位女性在公司的對話。

A：實在抱歉，明天下午起，我想請假。

B：用不著跟我道歉，大概又是有關孩子的事情吧。沒有辦法的嘛。

透人的內心。　　4．～ことない：即"ことはない"。不必，不用。△まだ時間があるから急ぐことはない／還有時間，不用著急。　　5．しょうがない：即"仕様（しよう）がない"。沒有辦法。△見ているよりしょうがない／只好看著，毫無辦法。

A：それがね。小児マヒのワクチンを受ける日なのよ。

B：たいへんね。この前は何だったっけ[1]。そうだ、上のお子さんがおたふくかぜにかかって、一週間、保育園に行けなくなったのよね。それから、何か予防注射もあったじゃない。

A：本当に[2]そのたびにお休みして、悪い[3]なあと思ってるのよ。できるだけ土曜日[4]を利用したいんだけど、こういうのって[5]、平日[6]の1時ぐらいからなのよ。

B：要するに、勤めながら小さい子供を育ててる人がまだ少ないってことじゃないの。あなたもよくがんばっているわよ。子供の病気と予防注射とで、年休[7]使い果たし[8]ちゃったでしょう。

A：いろいろとまわりに迷惑かけてるのはわかるんだけど、なんとか[9]ここを乗り切っ[10]て仕事を続けたいのよ。一度やめると、主婦の再就職って[11]、ほんとうに絶望的らしいから。

1．〜っけ：是不是…來著？用於親密關係之間，對忘掉或不清楚的事，叮問一下。△これ、なんという花でしたっけ／這花叫什麼來著？　2．本当に：修飾"悪い"。　3．悪

Ａ：因為明天是小兒麻痺症疫苗注射的日子……。

Ｂ：真辛苦，上一次是什麼來著，對了，大兒子得了流行性腮腺炎，一個星期無法上幼稚園。還有過打預防針什麼的，是吧。

Ａ：為這些每次請假，真的很過意不去。我也希望能儘量利用星期六，但這種活動大都是在工作日下午一點左右開始的呀。

Ｂ：總之，就是說，一邊上班一邊照顧孩子的人還不是很多。你已經够堅持的了。小孩生病，打預防針，就把你一年的假期用光了。

Ａ：我知道給周圍的人增添了不少麻煩。可是，我希望無論如何要渡過這個難關，繼續工作下去。對主婦來講，一旦辭職，想再次就業幾乎是不可能的了。

い：對不起，抱歉。△無理（むり）を言って悪いね／難為你了，很抱歉。　　4．土曜日：現在日本大多數公司是１週５個工作日，星期六、星期日休息。　　5．って：等於"は"、提出主題。△鈴木君のってどれだい／鈴木的是哪一位？　　6．平日：（假日、節日以外的日子）平日、工作日。　　7．年休："年次有給休暇"的簡稱。工資照發的一年中的休假。　　8．～果たす：（接其他動詞連用形下面表示）完了，完全，全部。△お金を使い果たす／把錢用盡。　　9．なんとか（何とか）：想辦法，設法。△なんとかしてください／請給我想個辦法。　　10．乘り切る：渡過（難關）。△最後の難関を乗り切る／渡過最後的難關。　　11って：等於"というものは"。

B：女同士なんだから、わたしだって¹応援²してあげたいんだけど。正直言って、これからどうするつもりなのかなと思うときもあるの。有給休暇がなくなると休みにくくなるわよ。主任もあまりいい顔してないし、あなたの立場が悪くなるんじゃないかと思って……。

A：あと、ちょっとの間だもの³。なんとかがんばってみる。

B：悪くとら⁴ないでほしい⁵んだけど……。わたしも息が詰まり⁶そうなのよ。いつあなたが突然休むかわからないからって⁷、主任がわたしの休暇を渋る⁸のよね。

A：そうだったの。知らなかったわ。ごめんなさい。

B：いいのよ。あまり気にし⁹ないで……。

1．だって：等於 "も"、"でも"。就是，即便是。舉出一個似乎是特殊的事項，並表示在這種情況下也不例外。△私だっていやです／就是我也不喜歡。　2．応援：支援，聲援。△応援にかけつける／趕往支援。　3．（だ）もの：因為，由於。表示含有辯解語氣的理由。△だって知らなかったんだもの／可是因為我不知道嘛。　4．悪くとる：往壞處解釋。

Ｂ：我們都是女人，我也很想助你一臂之力，可
　　是老實說，我有時候也在想，你今後不知道打
　　算怎麼辦？薪水照領的休假一旦用光，想再請
　　假恐怕很難。主任的臉色也不大好看，我想，
　　你的處境也會發生困難……。

Ａ：再過一陣子就好了，我想辦法堅持一下看看。

Ｂ：希望你不要誤會，我也快要憋不過氣來了。
　　主任因為不知道你什麼時候會突然請假，所以
　　不肯爽爽快快讓我休假哪。

Ａ：這樣子啊！我不曉得，眞抱歉！

Ｂ：沒關係，別放在心上……。

“取る”意為：理解、解釋、領會。　　5．～ないでほしい：
希望不要……。△彼には言わないでほしい／希望你不要對他
講。　　6．息が詰まる：憋氣，呼吸困難。　　7．～からっ
て：等於“からと言って”。說是因為……。　　8．渋る：
不肯，不痛快，不爽快。△答をしぶる／不痛痛快快地回答。
9．気にする：介意。△身なりを気にする／注意穿著。

（十七）コピー

　「いやです」の一言_{ひとこと}が言えないばかりに
１、とんだ２苦労_{くろう}をすることがあります。
「これからいやなときには、いやとはっき
り言おう」と決意_{けつい}しても、なかなかその通_{とお}
りには言えないものです。
　　　職場内_{しょくばない}で同僚_{どうりょう}の会話_{かいわ}。

男_{おとこ}：あ、中島_{なかじま}さん。悪_{わる}いけど、この書類_{しょるい}のコ
　　ピー、お願_{ねが}いできるかな。

女_{おんな}：あのう、今_{いま}、課長_{かちょう}から頼_{たの}まれた書類をワー
　　プロで打_うっているところ３なんですけど。

男：いいよ、そのあとで。ぼくのは急_{いそ}がないか
　　ら。

女：課長の原稿_{げんこう}はかなり長_{なが}いですから、今日_{きょう}いっ
　　ぱい４かかりそうですけど。

男：その書類の締_しめ切_きり５は何時_{なんじ}なの？

１．〜ばかりに：只是因為……。表示由於不好的原因，産生
不良的或消極的結果，並對此結果表示後悔或遺憾。△ちょっ
と油断（ゆだん）したばかりに事故（じこ）を起こしてしまっ
た／只因為稍一疏忽，結果發生了事故。　　２．とんだ：意

（十七）複　　印

　　只是因為説不出〝不願意〞這一句話，
有時會帶來意想不到的辛勞。即使下了決心
〝今後不願意的時候，要明確地講不願意〞，
但到時候也很難照樣説得出口的。
公司裏同事的對話。

男：啊，中島小姐，抱歉，這個文件能請你複印
　　一下嗎？

女：嗯，我現在正在用文字處理機打科長交下來
　　的文件。

男：沒關係，我的不急，等你打完以後再複印。

女：科長的稿件相當長，好像要今天一整天才能
　　完成。

男：那個文件截止時間是幾點？

想不到的（災難），意外的（事故，遭遇）。△とんだ目に会
う／碰到意外的災難。　　3．～ているところだ：正在……。
表示動作正在進行中的狀態。△私もどうしようかと考えてい
るところだ／我也正在想怎麼辦才好。　　4．いっぱい（一
杯）：全（占滿），全部（用上）。△あすいっぱいは忙しい
／明天全天沒有空。　　5．締め切り：（期限，時間等）截
止，屆滿。△新聞記事（きじ）の締め切り時間／報紙消息的
截稿時間。

女：5時までに仕上げることになっています。

男：それはよかった。ぼくのは6時半までにできていればいいんだ。量はかなりあるけど、コピーをとるだけだから、1時間もあれば楽[1]にできるだろう。

女：6時半までですかあ。

男：そう。大丈夫だよね？

女：今日、ちょっと予定があるので……。あしたの朝なら大丈夫ですけど。

男：あしたじゃ、だめなんだよ。6時半にお客に渡すんだ。頼むよ。

女：営業部でほかに手の空い[2]ている人はいないんですか？

男：いるわけない[3]でしょ、この決算[4]前に。男も女も毎日、残業残業だよ。だからこうして秘書課に頭を下げ[5]ているんじゃないですか。

1．楽：容易，簡單，輕鬆。△楽に勝つ／毫不費力地取勝。
2．手が空く：手頭沒有工作，有空。△手の空いている人は手伝ってください／有空的人請幫幫忙。　　3．わけない：即"わけがない。"不可能……，不會……。表示從道理上確

女：規定 5 點以前完成。

男：那太好了。我的 6 點半以前完成就可以了。雖然量不少，不過只是複印，一個小時篤定可以完成。

女：到 6 點半嗎？

男：對，沒問題，是吧？

女：今天有點事，明天早晨的話就沒問題。

男：明天可就不行了，6 點半要交給客人的，拜託了。

女：營業部沒有其他有空的人嗎？

男：在這決算期裏不可能有閒人嘛。男男女女每天都是加班再加班，所以才這樣低頭哈腰來求你秘書科的嘛。

信完全不可能。△一人で帰れるわけがない／不可能一個人回得去。　　4．決算：決算。日本每年 3 月和 9 月決算兩次。

5．頭を下げる：鞠躬行禮。△頭を下げて頼む／俯首拜託。

女：そうですか……。それじゃ、課長に頼まれた仕事が終わったら、声をかけ[1]ます。

男：うれしいなあ。ありがとう、ありがとう。ここに書類を置いておくからね。

女：いえ、その時になってみないとできるかどうかわからないので、こちらからご連絡しますから。

男：そんな手間かけ[2]させちゃ、申し訳ない。ここに置いておきますよ。本当にありがとう。助かったよ。

女：あの、ちょっと……。まったくもう……。

1．声をかける：打招呼，叫人。△声をかけないで通りすぎる／不打招呼走過去。　2．手間（を）かける：花費時間。

女：是嗎…？那科長交下來的工作完成了，再來
　　打招呼。

男：太高興了！謝謝，謝謝！文件就放在這兒。

女：不，到時候才知道是否能完成，所以由我們
　　跟您聯繫。

男：讓你花費時間可過意不去。就放在這兒。實
　　在感謝！謝謝您的幫助。

女：喂，等一下……實在已經……。

△手間をおかけしてすみません／讓您費了時間，實在抱歉。

（十八）新しい職場

　いつ会っても元気がなくて何かと[1]体の不調[2]を訴える人が、だれのまわりにも必ず一人や二人いるものです。そういうタイプの典型的な語り口[3]を紹介しましょう。
　友人同士の男性の会話。

A：やあ。久しぶり。新しい仕事にも慣れただろう。

B：いやあ、どうも。慣れたっていったって[4]、また6か月だからね。そうそう[5]前の仕事みたいにすいすい[6]とはいかないさ。

A：まあ、気長[7]にやれよ。前の職場[8]じゃ、おまえは勤続[9]15年の大ベテランだったんだから、それと比べるわけにゃいかない[10]ってもんさ[11]。

　1．何かと（何彼と）：這個那個地，各方面事事、樣樣。△このごろはなにかと忙しい／近來這個那個地忙得很。　　2．不調：（身體）不對勁，不舒服。　　3．語り口：講話的語調和樣子。　　4．慣れたっていったって：即"慣れたと言っても"。　　5．そうそう（然う然う）：老是那樣，總是那樣。下接否定語。△そうそううまくはゆくまい／總不能老是

（十八）新的工作單位

　　每個人周圍都必然會有一、兩個像下面這樣的人……每次見面都顯得無精打采，老是説他這兒痛那兒不舒服的。下面就來介紹一下這種人的典型説話方式。

　　男性朋友間的對話。

Ａ：嗨！好久不見！新工作你也習慣了吧？

Ｂ：啊，你好！説習慣也不過才上了六個月的班嘛。不能老是像以前的工作那樣得心應手。

Ａ：噯，耐心點吧。以前的公司，你是15年工齡的老手，怎能拿來跟它比呢。

順利吧。　　6．すいすい：順利地。△すいすいと事が運（はこ）ぶ／事情順利地進展。　　7．気長：慢性，耐心，耐性。△気長に待つ／耐心等待。　　8．職場：工作崗位，工作單位。　　9．勤続：連續工作，工齡。△20年勤続した／連續工作20年，工齡20年。　　10．わけにゃいかない：即"わけにはいかない"。不能……。　　11．～ってもんさ：即"というもんだよ"。表示以感情強調説話人的判斷。△それはお前さんあんまりというもんだよ／那你是太過分了。

B：まあ、そうなんだけどね。

A：例の¹虫の好かない²上司もいなくなって、せいせい³したんじゃないのかい。

B：うん、まあね。だけど、何ていうか、やっぱり新しい職場の緊張のせいか⁴、このごろ体重がぐんと⁵減ってね。

A：食欲がないのかい。

B：何を食べても、うまいなあっていう感じがないんだよ。砂をかむようでねえ。

A：何か気になる⁶ようなことでもあるのかい。

B：別にこれといっ⁷てないんだけどなあ。昼飯が近づくころになると胃がきりきり⁸痛むんだ。

A：意外と神経質なんだなあ。

B：おれって⁹新しい環境にとけ込むのが苦手¹⁰なんだよな、早く慣れようと内心あせるも

1．例の：（談話雙方都知道的）那個。△例の件はどうなったのか／那件事情怎麼樣了？　　2．虫が好かない：不知為什麼總覺得討厭。△あの男はどうも虫が好かない／那個傢伙不知為什麼，我總覺得討厭。　　3．せいせい（清清）：清爽，爽快，痛快，輕鬆。△天気がいいと、気持がせいせいします／天氣好，精神就清爽。　　4．〜せいか：或許是因為……。△雨のせいか関節（かんせつ）が痛む／或許是因為下雨，關節很痛。　　5．ぐんと：即"ぐっと"。更加，……得多。

B：唉，說是這麼說啦……。

A：也不會再看到你那够討厭的上司，不是爽快
　　得多了嗎？

B：嗯，是啊。可是，怎麼說呢，或許還是因為
　　新的工作崗位比較緊張的關係吧，最近體重減
　　輕不少呢。

A：沒有食欲嗎？

B：就是不管吃什麼都不覺得好吃，好像是嚼砂
　　子。

A：是不是擔心什麼事啊？

B：並沒有什麼特別擔心的事情。只是一接近午
　　餐時間，胃就絞痛。

A：沒想到你這麼神經質。

B：我這種人啊，就是不善於很快適應新的環境。
　　而且就是因為內心急著要快一點適應環境，反

△ぐんと増える／大為增多，陡增。　　6．気になる：擔心，
掛念，放心不下。△ダムの工事が気になって仕方がない／老
是擔心水庫的工程。　　7．これという：值得一提的，特別
的，一定的。△これという欠点（けってん）もない／沒有值
得特別指出的缺點。　　8．きりきり：絞痛。△下腹（した
はら）がきりきり痛む／下腹部絞痛。　　9．って：等於
“という人間は”。　　10．苦手：不擅長的事物。△私はこ
ういう仕事は苦手だ／我不擅長於這種工作。

んだから、ますます萎縮しちゃうんだ。のんびり¹構え²られる性格がうらやましいよ。おまえみたいにね。

Ａ：あまえはいつ会っても、何か体調³悪そうなこと多いな。元気だせよ。いい職場も見つかったんだし、前途洋々じゃないか。

Ｂ：まあな。一日も早く仕事に慣れて、会社の戦力⁴になりたいとは思ってる。

Ａ：そうりきむ⁵なよ。だから疲れるんだぜ。肩の力をぬいで、明るくいこうぜ。

Ｂ：そうできたら、おれだってどんなにいいかとは思うんださ。性格だから、そうもいかないんだよ。

Ａ：そんなもんかなあ。気の持ちようだと思うんだけどな。

1．のんびり：悠閑自在，悠然自得。△のんびり暮らす／悠閑度日。　2．構える：採取某種姿勢，擺出姿態。△尊大（そんだい）にかまえる／擺架子。　3．体調：健康狀態。△体調を取り戻（もど）した／恢復了健康狀態。

而更加萎靡不振了。我真羨慕像你這種能夠悠然自得的人！

A：每次看到你好像身體都不太好吶。打起精神來吧。好的工作也找到了，不是前途遠大得很嗎？

B：嗯，我很想早日適應工作，成為公司的戰鬥力量哪。

A：別那麼用心嘛。這樣你才會那麼疲勞的呀。放輕鬆些，開朗點吧。

B：如果能做到的話，我想該有多好！可是個性嘛，沒辦法哪。

A：是這樣嗎？我覺得這是一個心態的問題。

4．戰力：軍事力量，作戰能力。△戰力を增強（ぞうきょう）する／加強軍事力量。　　5．りきむ（力む）：使勁。△うんと力んで押す／使勁推。

（十九）出身校

　日本の社会では、出身¹大学によってその人の個人的な背景を推測する傾向があります。たとえば、良家²の出身だとか、頭がいい³とか悪いとか⁴をなんとなく⁵類推するわけです。したがって、比較的社会的評価の低い大学を出た人は出身校を極力言わずにすま⁶そうとする⁷場合もあります。それでも⁸出身大学を熱心に聞き出そうとするおせっかい⁹もいます。そんなときの会話例をみてみましょう。

　オフィスで、男性、同僚二人の会話。

X：来週の水曜、おれたちの課で飲み会する予定なんだけど、おまえも来ないか。ほかの部署のやつも大歓迎だからさ。

１．出身：（某校）畢業。△東大（とうだい）出身／東京大學畢業。　　２．良家（也讀"りょうか"）：良家。在日本指有地位、有教養、有財富的家庭。△良家の子女（しじょ）／良家子女。　　３．頭がいい：腦筋好，聰明。△頭が悪い／腦筋不好，不聰明。　　４．～とか～とか：……啦……啦，或者……或者……。表示列舉或例示，並暗示其他。△鶴（つ

（十九）畢業的學校

在日本社會有一種傾向，即根據某人畢業的大學來推測其個人的背景。例如：無意中推測起是否良家出身、聰明不聰明等等。因此，從社會上評價較低的大學畢業的人，有時候就想儘量避免説出畢業的學校應付過去。即便如此，也有愛管閒事的人，熱心地想要打聽出別人畢業的大學。我們來看看這種場合對話的例子。

在公司裏，兩個男同事的對話。

Ｘ：下星期三我們科裏的人打算一起喝酒，你來不來？熱烈歡迎其他部門的人參加哪。

ろ）とか亀（かめ）とかは寿命（じゅみょう）の長い動物（どうぶつ）だ／鶴啦、龜啦都是壽命長的動物。　5．なんとなく：不知為什麼，不由得。△なんとなく泣きたくなる／不由得要哭出來。　6．～ずにすます：不…而應付過去。△返事（へんじ）をせずにすました／不回答應付過去了。　7．～うとする：想要……。表示主體試圖努力做某一事項。△本人（ほんにん）に勉強しようとする意欲（いよく）が全然ない／本人毫無學習的願望。　8．それでも：即使那樣，儘管如此。△天気は悪かった。それでも彼らは出掛けていった／天氣不好，儘管如此，他們還是出門了。　9．おせっかい（お節介）：多管閒事。△余計（よけい）なおせっかいだ／用不著你管。

Y：行きたいなあ。だけどちょうどその時、大学の同窓会があるんだ。あんまり気が進ま[1]ないんだけど、みんなから会場が会社に近いから出席するんだろうって言われて閉口[2]してるんだよ。

X：ふーん。

Y：まあ、一応[3]私大のなかでも古い学校だろ。だから、結構[4]大物[5]も来るらしいんだな。顔を売る[6]いい機会ともいえなくない[7]しな。ちょっと、のぞい[8]てみようかと思ってるんだ。

X：そうか。先約[9]があるんじゃしょうがないな。じゃ、また今度顔みせ[10]てくれよ。

Y：せっかく声かけてくれたのに悪いな。おまえも大学のゼミ会とか同窓会とかによく出るほう[11]？

1．気が進む：起勁，感興趣。△教師（きょうし）の仕事には気がすすまない／對於教師的工作，我不感興趣。　　2．閉口：為難，沒辦法。△帰ろうにも帰れず、まったく閉口した／想回也回不來，毫無辦法。　　3．一応：大致、大体、總算。△一応は帳簿（ちょうぼ）と突き合わせた／和帳簿大致核對了一下。　　4．結構：相當，滿好。△君は結構金持（かねもち）じゃないか／你不是相當有錢嗎？　　5．大物：大人物，有實力的人物。△今度の内閣（ないかく）は大物ぞろいだ／這屆內閣的成員全是些大人物。　　6．顔を売る：使人們廣泛認識。△選挙（せんきょ）にそなえて、早くから

Y：我很想去。不過這個時間正好有大學的校友
　　會。雖然我不大感興趣，可是大家說我，“會
　　場離公司很近，你要參加的吧”，搞得我毫無
　　辦法。

X：嗯。

Y：這所學校在私立大學裏算得上是一所老牌學
　　校，看樣子相當大的大人物也要來。所以也可
　　以說是讓他們熟悉自己的好機會，因此我想去
　　稍微看一下。

X：是嗎，已經有約會，那就沒辦法了。那麼下
　　次你再參加吧。

Y：特意來打招呼，很抱歉。你屬於經常出席大
　　學的研究小組會或者同學會之類的吧？

顏を売っておいた／為準備競選，很早以前就設法使人認識他。
7. いえなくない：即“言えなくもない”。並不是不可以說…
…，可以說……。△「万事（ばんじ）は塞翁（さいおう）が
馬」と言えなくもない／也可以說是“萬事猶如塞翁失馬”。
8. のぞく（覗く）：稍微看一下。△古本屋（ふるほんや）
をのぞいてみよう／逛一下舊書店。　9. 先約：前約，預
先的約會，已有約會。　10. 顏（を）見せる：看見，露面。
△近ごろ彼はちっとも顏を見せない。旅行に出たのかな／最
近他一點兒也不露面，是不是出去旅行了？　11. ほう（方）
：（比較時表示屬於哪一）類型，部類。△僕はせっかちな方
だ／我算是性急的。

X：いやあ、ろく¹な大学じゃないから……。もうあんまりつきあいないよ。

Y：あれっ、そういえばどこだっけ？

X：いやあ、言うほどのもんでもない²よ。

Y：文科系だっただろう？学部は経済だったっけ？

X：まあ、いいじゃないかよ、どうでも。自慢できるような大学だったら、とっくの昔に言ってるって³。

Y：なんだよ。隠してんのか。

X：別に隠すわけじゃないけど、特に言うほどのもんでもないってことさ。ほっといてくれ⁴よ。

Y：なんだよ。おまえってわりと⁵暗い性格なんだな。

X：うるさいなあ。

1．ろく（碌）：（下接否定語）令人滿意，像樣。△この本屋にはろくな本はない／這家書店沒有一本像樣的書。　2．～ほどのものでもない：不值得，沒有必要。△あの作品（さんひん）はみんなから称賛（しょうさん）されるほどのものでもない／那個作品不值得受大家讚賞的。　3．って：我說。表示自認為已經明白的道理而堅持己見。△そんなこと言

• 148 •

X：不，因為不是一所像樣的大學，所以不大交往。

Y：哦，這麼説，你是哪所大學畢業的？

X：不，不值得一提。

Y：是文科吧？還是經濟系？

X：算了，怎麼説都可以。我説呀，如果是可以吹嘘的大學，早就説了。

Y：什麼？原來你在隱瞞呀？

X：並不是隱瞞，我是説不值一提，你別管了。

Y：什麼？你這個人性格比我所想的還不開朗。

X：你也真愛嘮叨。

わなくても分かってるって／我説，這你不用説我也明白（別囉唆）。　4．ほっといてくれ：即"放って置いてくれ"，你不要管它。　5．わりと（割と）：比較，格外，比所想的。"割に"近來常用"割と"。△割と簡単だ／比所想的簡單。

（二十）派手なスーツ

　日本人同士の会話では、相手からほめられたときの返事がどうもぎこちない[1]ことが多いようです。あまり表だっ[2]て相手をほめたたえることが少ないだけに、ちょっとほめられたくらいに率直に喜ぶのも恥ずかしいし、どういう顔をしたらいいのかといったところ[3]でしょう。

　会社で、同僚同士の会話。

山田：おっ、今日はずいぶん若々しい[4]なあ。おまえ、そういう明るい色が似合うんだな。さっそう[5]としているよ。

木村：何だよ、いきなり[6]。おだて[7]たって、何にも出ないぞ。

1．ぎこちない（也説"ぎごちない"）：笨拙，生硬，没風趣。△ぎこちない動作（どうさ）／笨拙的動作。　　2．表立つ：公開出來，暴露出來。△そんなことは表立っては言えない／那樣的事不能公開地講出來。　　3．ところ：（某種）情況。△昔ならお手打（てう）ちというところだった／若是以前的話就該砍頭了。　　4．若々しい：年紀輕輕的，朝氣蓬勃的。△彼は非常に若々しく見える／他看起來顯得很年輕。　　5．さっそう（颯爽）英勇，精神抖擻。△さっそうとして出

・150・

（二十）華麗的西裝

在日本人之間的會話裏，對於對方的讚美，往往拙於應對。他們很少當面誇讚對方，正因為如此，即使稍稍被人讚美，也不好意思喜形於色，不知道該以何種表情應付這種場面才好。

在公司，同事間的交談。

山田：嘿，今天你看起來很年輕哪！這種明亮的顏色對你很適合，精神抖擻的。

木村：突然間怎麼搞的，吹捧起我來了，我也不會請客的噢。

発（しゅっぱつ）する／氣宇軒昂地出發。　6．いきなり：突然，冷不防。△後ろからいきなり肩をたたく／冷不防從背後拍肩膀。　7．おだてる（煽てる）：捧，拍，給戴高帽。△あまりおだてるなよ／你別太吹捧了。

山田：ほんとだよ。今日はデートの約束でもあ
　　　るのかい。ネクタイも新しいやつ¹じゃない
　　　か²。

木村：ばか。いつものネクタイだよ。5年も前
　　　からしめてるじゃないか。何かおれに頼みご
　　　とでもあるのか。

山田：素直³じゃないね。いいと思ったからほ
　　　めたまでさ。だいたい⁴、おまえの服の趣味⁵
　　　はいつも地味⁶すぎるよ。とても30代前半と
　　　は思えないドブネズミルック⁷だろ。だから
　　　今日みたいに明るい色の背広を着ると、お
　　　やっ⁸と思うわけ。

木村：地味で悪かったな。これでも堅実⁹なビ
　　　ジネスマン¹⁰らしいイメージを心がけ¹¹ている
　　　んだぜ。

山田：そういうおまえがライトブルーの派手¹²
　　　な背広を着るなんて、どういう¹³風の吹きま

1．やつ（ぬ）：（粗魯地）指某物、事例或情況。△大きい
やつを一つくれ／給我一個大的。　　2．～じゃないか：不
是……嗎？反問句，這裏帶有驚訝語氣。△いきなり電話を掛
けてよこすなんて驚くじゃないか／突然打電話給我，多叫人
吃驚呀。　　3．素直：坦率，老實。△素直に白状（はくじょ
う）する／坦白交代，老實坦白。　　4．だいたい（大体）：
本來，總之。△だいたい君がよくない／總之是你不好。

山田：説眞的，今天跟女朋友有約會嗎？嘿，連
　　　領帶也是新的。

木村：胡扯。這是往常繫的領帶，不是 5 年前就
　　　開始繫的嗎？你是不是有啥事要託我吧？

山田：你這個人不老實。我只不過認為好才誇你
　　　幾句的。本來你對穿著的愛好總是太樸素了。
　　　像個陰溝裏的老鼠模樣，不像個三十出頭的人。
　　　所以，像今天這樣，穿了這身色調明亮的西裝，
　　　使我感到驚訝呢。

木村：很抱歉，穿得太樸素了。不過，我可是一
　　　直努力保持穩重的公司職員形象哩。

山田：像你這種人，到底是什麼風吹得你穿起華
　　　麗的淡藍色西裝來的？總而言之，是內心裏力
　　　圖改變形象吧？

5．趣味：愛好。△音楽（おんがく）に趣味をもつ／愛好音
樂。　　6．地味：樸素。△地味なネクタイ／樸素的領帶。
7．ルック：（服裝帶有某一特定氣氛，或近似某一形狀）模
樣，型。　　8．おやっ：即 " おや "。哎呀，哎喲。表示意
外，驚訝，驚異。△おやっ、火事（かじ）だ／哎呀，失火啦！
9．堅実：穩重，踏實。△われわれの学長は堅実な方です／
我們校長是個穩重的人物。　　10．ビジネスマン：實業家，
公司職員。　　11．心がける：留心，注意，記在心裏。△人
の悪口を言わないように心掛ける／注意不說別人的壞話。
12．派手：（色彩）鮮艷，艷麗，（服裝）華美、華麗。△彼
は派手なシャツを着ている／他穿著華麗的襯衫。　　13．ど
ういう：什麼樣的，怎麼樣的。△それは一体、どういうこと
ですか／那到底是怎麼回事？

わし¹かね。要するに、内心イメージチェンジを求めているんだな。

木村：うるさいなあ。三流雑誌の記者みたいに憶測²するなよ。

（そこへ³若い女性社員が通りかかる⁴）

女性：うわあ、どうなさったんですかあ。めずらしいわ。木村さんが明るい色のスーツ⁵を着てらっしゃるなんて、お似合いですわよ。

山田：そうだよねえ。こいつ、おれがいいじゃないかって言っても全然信じないんだよ。もっと言ってやってよ。

木村：わかった、わかった、もういいよ。

女性：あれえ、照れ⁶てらっしゃるんですか。いつものくらいスーツよりずうっとすてき⁷ですよ。

山田：せっかくほめてもらってるんだから、ありがとうぐらい言ったらどうだよ。意外と照れや⁸なんだな。

---

1. 風の吹き回し：（偶然的）機會，因素，（一時的）形勢。△彼からさそわれるとはどういう風の吹き回しだろう／是什麼風吹得他竟來邀我？　2. 憶測：臆測，猜測。△人の心中（しんちゅう）を憶測する／猜測別人的內心。　3. そこへ：（表示談話中所談到的時間）這時，這當兒。△ちょう

木村：你可眞愛嘮叨。別像個三流雜誌的記者胡
　　　亂猜測好不好？

〔一位年輕的女職員正巧從旁經過〕

女性：哇啊！今天怎麼啦，眞難得。木村先生穿
　　　起色調明亮的西裝來，很合適啊。

山田：對啊。我也這麼對他説，可是這傢伙硬是
　　　不領情。你再多説幾句吧。

木村：明白了，明白了，够啦。

女性：咦，害臊了？比起你平時穿的暗灰色西裝
　　　來要好看多了。

山田：好不容易受人讚美，説聲“謝謝”怎麼樣？
　　　沒想到你臉皮這麼薄。

どそこへ兄が来た／正在這時哥哥來了。　　4．通りかかる：
恰巧路過。△通りかかった船に助けられた／被恰巧駛過的船
救上來了。　　5．スーツ：（男子上下一套的）西裝。日語
裏“背広（せびろ）”一詞近來似較少使用。西裝兩件套稱
“スーツ”，三件套稱“スリーピーツ”。至於將男子西裝稱
“洋服”早被淘汰了。　　6．照れる：害羞，害臊。△若い
女の人の前ですっかり照れてしまった／在年輕的女人面前覺
得十分難為情。　　7．すてき（素敵）：極好。△すてきな
贈物（おくりもの）／極好的禮物。　　8．～や（屋）：店，
人。△郵便屋／郵遞員。

木村：まったく、人をさかな¹にして。いいか
　　げんにしろ²よ。
山田：何だい、怒るなよ。

1．さかな（肴）：酒宴上助興的話題。△人のスキャンダル
を酒のさかなにしている／把別人的醜聞當作酒席上談笑的

木村：拿人開玩笑，眞是的。够了！

山田：怎麼了，別生氣嘛。

（二十一）道を聞く

　敬語は通常、年下[1]のものが目上のもの
に対して使う場合が多いですが。最近はそ
の逆の現象もよく見受け[2]られます。年齢
層の高い人は概して[3]言葉遣いがていねい
なのに比べ、若者は気軽[4]な話しぶりをす
る傾向があるので、ともすると[5]これから
紹介する会話のようになりがちです。

　路上で、中年女性と若い男性の会話。

女：恐れ入りますが、この辺に郵便局はござ
　　いますでしょうか。

男：ああ、あるよ。あの赤い看板見える？

女：あそこの英語が書いてある看板ですか。

男：そうそう。それだよ。その看板のところを
　　右に曲がってまっすぐ行くと、すぐ広い通り
　　に出るから、そしたら左折。

女：看板を右折して、応い通りに出たら左折で
　　ございますね。

1．年下：年幼、年歳小。△三つ年下の弟／比我小３歳的弟

（二十一）問　　路

　　敬語通常大都是晚輩對長輩說話時使用
的，但最近常見到反常的現象。年齡層次較
高的人，通常用詞較為有禮貌，而年輕人說
話反而比較隨便，所以往往容易變成下面介
紹的一種對話。

　　在路上，中年女性和年輕男性的對話。

女：對不起，請問這附近有郵局嗎？

男：啊，有。那紅色招牌看見沒有？

女：是那個寫著英文的招牌嗎？

男：對，對，就是那個。從那招牌的地方向右轉
　　一直走，就到達一條大路，然後左轉。

女：從那招牌的地方向右轉，到大路以後左轉，
　　是嗎？

弟。　　2．見受ける：看到，看見。△時々見受ける人だ／
是個常見的人。　　3．概して：一般、通常。△今年の作柄
（さくがら）は概して良好（りょうこう）です／今年的收成一
般說來是良好的。　　　4．気軽：輕鬆、愉快、隨隨便便。△
いつでも気軽にお立ち寄りください／隨時請隨便來坐一坐。
5．ともすると：常常，往往。表示如果放任自流容易發生某
一狀態。△失敗（しっぱい）したとき、ともすると自信（じ
しん）を失いやすい／失敗時往往容易喪失信心。

男：そう。そうすると警察署があるから、そこを通り過ぎて100メートルぐらいの所に郵便局の大きなマークが出てるから。そこが郵便局の裏門だけど、そこからも入れる。表から入りたければ、建物に沿ってぐるっと⁶回ればいいんだ。

女：どうもご親切にありがとうございました。

男：途中でわかんなく⁷なったら、警察で聞きなよ⁸。

女：はい、どうもありがとう存じます。

1．ぐるっと：即"ぐるりと"。一個旋轉或回轉貌。△ぐるっと回る／來一個旋轉。　2．わかんなく：即"分からなく"。

男：對。然後有個警察局，經過那兒大約 100 米，
　　就看見郵局的招牌。那兒是郵局後門，也可以
　　從那兒進去。你想從前門進去，沿著建築物繞
　　一下就行了。

女：謝謝您的熱情指點！

男：半途迷路的話，可以問警察局。

女：明白了。實在謝謝您了。

3．警察で聞きなよ：即＂警察署で聞きなさいよ＂。＂警察＂
＂な＂分別是＂警察署＂＂なさい＂的省略。

（二十二）フリーアルバイター

　　ひとむかし[1]前までは、学校を出たら、きちんと[2]就職してこそ[3]一人前[4]だという考え方が、少なくとも男子に関してはありました。ところが、ここ数年、フリーアルバイターなどと呼ばれる人たちが増えてきました。彼らは、アルバイトや短期契約の仕事だけで生計をたてる[5]自由契約者です。

　　　　男性、友人同士の会話。

A：この前、カナダまでスキーに行ってきたんだ。1か月の貧乏旅行だったけど、おもしろかったよ。

B：よく[6]、1か月も会社を休めたなあ。

A：アルバイトしてた会社はやめたのさ。

B：あれ、おまえ正社員で働いていたんじゃなかったのか。じゃあ今、どうしてるんだい？

1．ひとむかし（一昔）：10年。△もうひとむかし前のことだ／已經是十年前的事了。　　2．きちんと：整齊，好好地。△担当（たんとう）した仕事をきちんとやる／做好承擔的工

・162・

（二十二）自由打工者

　　直到 10 年以前，至少在男子方面存在
有這樣一種想法，離開校門後，規規矩矩就
業才算夠格的人。但最近幾年，所謂〝自由
打工者〞在不斷增加。他們是自由簽約的人，
光靠打工或短期合約的工作謀生的。
　　男性朋友間的對話。

Ａ：前些日子我到加拿大滑雪去了。雖然只是為
　　期一個月省吃儉用的旅行，玩得很愉快。

Ｂ：居然能夠向公司請一個月的假啊。

Ａ：打工的公司，我已經辭職了。

Ｂ：咦，你不是作為正式職員在工作嗎？那麼現
　　在做什麼呢？

作。　　3．〜てこそ：只有……才……。△自分でやってこそ
わかるものだ／只有親自做才能懂得的。　　4．一人前：夠
格的人，像樣的人，獨立的人。△一人前の暮らし／像樣的生
活。　　5．生計をたてる：謀生。　　6．よく：難為，竟能，
居然。對難能可貴的事表示讚許或對不應該的事表示非難。△
この大雪の中をよく来られたね／這麼大的雪，眞難為你來了。

Ａ：また、新しいバイト¹先²を見つけたよ。えり好み³しなければ、すぐ見つかるもんだよ。

Ｂ：どんな仕事なんだい？

Ａ：バイク⁴で急ぎの書類や小さな荷物を届ける仕事さ。おれ、前からバイクに自信あるからさ、ぴったり⁵のバイトなんだ。給料もいいし。

Ｂ：ふうん。だけどさ、そんなふうに働いていると不安にならない？

Ａ：不安て⁶？

Ｂ：なんていうか、身分が定まらないような気がし⁷てさ。落ち着かないとか、これからどうなるんだろうとか……。

Ａ：べつにないなあ。金には困らないし、好きなときに好きなことができるだろう。ちゃんと就職しちゃうと、生活が固定されて、息苦しく⁸なりそうな気がしてこれいよ。

１．バイト："アルバイト"的簡稱。　　　２．先：地點，場所。△勤め先／工作單位。　　　３．えり好み：挑剔，挑肥揀瘦。△えり好みしてはいけない／不要挑挑揀揀。　　　４．バイク：摩托車。如今年輕人不用"オートバイ"一詞。　　　５．ぴったり：恰好，正合適。△その服は君にぴったり合う／這件衣服正合你身。　　　５．～て：等於"というのは？"。

Ａ：我又找到新的地方打工了。只要不挑剔，馬
　　上能找到的。

Ｂ：什麼樣的工作？

Ａ：騎摩托車送緊急文件或小件行李的工作。我
　　以前就對騎摩托車有信心，所以這個工作很合
　　適，待遇又好……。

Ｂ：哦。不過，你這種工作方式不覺得擔心嗎？

Ａ：擔心？

Ｂ：怎麼說呢，覺得好像身分穩定不下來，不能
　　定下心來或者擔心將來會怎麼樣，等等。

Ａ：並沒有啊。既不愁沒有錢用，而且隨時可以
　　做自己喜歡做的事。如果規規矩矩就業，我很
　　怕生活會被框死，有令人窒息的感覺。

6．～ような気がする：覺得好像……。△あの人にはどこか
で会ったような気がする／他，我覺得好像在哪兒見過。
7．息苦しい：呼吸困難，令人窒息。△彼といっしょにいる
と息苦しく感じる／和他在一起就感到沉悶。

B：そんなもんかなあ。仕事に生きがい¹を見いだす²っていうか、ちょっと古いけどさ、そういう気持ちがぼくにはあるけどね。

A：おまえはそれで楽しくやってるんだから、いいじゃないか。ま、いろんな人間がいるんだからさ。

B：まあ、お互い満足してるんだから問題ないけどね。

１．生きがい（生き甲斐）：生存的意義，生活的價值。△生きがいを感ずる／感到活得有意義。　２．見いだす（見出

Ｂ：會這樣嗎？雖然想法有點古老，我總覺得從工作中發現生活的意義什麼的。

Ａ：你這樣日子過得很愉快，不就得了。人各有志啊。

Ｂ：嗯，反正彼此都能滿足，並沒什麼問題。

す）：發現，找到。△人材（じんざい）を見いだす／發現人才。

（二十三）
外国人社員の日本語

　日本語を話す外国人ビジネスマンが増えています。とくに海外と関係の深い企業ではそうでしょう。少し前は、本当に珍しかった日本語を話す外国人。彼らに対する日本人の反応もさまざまです。

　　女性同士の会話。

A：ねえ、営業部に入ったトムさんって[1]、日本語ぺらぺん[2]なんですって？

B：そうなのよ。まだこちらに来て2年ぐらいらしいけど、かなりしゃべれるわね。

A：じゃ、仕事は全部日本語でやってるの。

B：それがね、傑作[3]なのよ。トムはできるだけ日本語を練習したいので、日本語で話そうとするわけ。ところが、英語自慢[4]山川課長はトムと英語で話したいのよね。

1．〜て：等於"という人は"。　　2．ぺらぺら：（説外語）流利。△彼は英語がぺらぺらだ／他英語講得相當流利。
3．傑作：有趣（的錯誤）、滑稽。△傑作な誤答例（ごとう

（二十三）外籍職員的日語

　　説日語的外籍公司職員與日俱增。和國外關係較深的企業尤其如此。前些時候，會説日語的外國人可説是寥寥無幾。日本人對他們也有各種不同的反應。

　　兩位女性的對話。

A：我説呀，聽説進入營業部的湯姆日語相當流利？

B：是啊。他來日本才兩年左右，説得相當不錯。

A：那麼，工作上全部用日語囉？

B：那才滑稽哩，湯姆想儘量練習日語，所以希望能用日語表達。可是山川科長愛誇耀自己的英語，希望能用英語和湯姆交談。

れい）／有趣的錯誤答案的例子。　　4．自慢：自誇。△手柄（てがら）を自慢する／誇耀功勞。

A：わかる、わかる。

B：それでね、課長はハロー、トム。なんて始
　めちゃうの。ところがトムは、おはようござ
　いますって¹返事するのよね。

A：ふうん²。それでまわりの人はどうなの。

B：わたしのみたところ、トムの語学力³なら
　ね、なにも⁴赤ちゃんに話すみたいに不自然
　にゆっくり話さなくてもわかると思うのよ。
　だけど、みんな⁵、「これは会議に使う大切
　な資料ですので、会議が始まる前によく読
　んでおいてください。いいですね」ってゆっ
　くり言ったあとで必ず、" before the meet-
　ing, you read this. OK ? " なんて⁶、英語
　もくっつけるのよ。

A：へえ。それでトムって人、気を悪くし⁷て
　いない？

————————————

1．〜て：等於"と言って"。　　2．ふうん：（表示欽佩、
懷疑、詫異時由鼻子發出的感嘆聲音）哼。△ふうん、それは
本当かい／哼, 那是眞的嗎？　　3．語学力：外語能力。
4．なにも（何も）：（下接否定語）並不……，不必……。
△なにも買いに行かなくても、私のを使ったらいいですよ／
何必去買呢, 用我的好了。　　5．みんな：修飾"（日本語

A：我理解。

B：所以科長一開口就是"哈囉！湯姆"。可是湯姆卻用日語回答"您早"。

A：哼，那麼周圍的人怎麼想？

B：在我看來，我覺得按照湯姆的日語程度，大可不必像對嬰孩講話那樣不自然地慢慢兒講他也明白。可是，科長都用緩慢的速度對他說："這份資料很重要，開會時候要用，請在開會以前仔細看一下，好嗎？"說完之後，必然又附加一句英語說："before the meeting, you read this. O. K. ？"

A：欸，這樣湯姆不會生氣嗎？

で）言った……"。　　6．なんて：什麼的。等於"などと"。△いやだなんて言えないよ／不願意這樣的話，可沒法説呀。
7．気を悪くする：傷害感情，不痛快。△彼は悪口（わるぐち）を言われて気を悪くした／有人説他的壞話，他心裏不痛快了。

Ｂ：初めは、ばかにし¹てるって顔してたの。
　　でも、慣れたみたい。ふんふん²、って聞き
　　流し³てる。

Ａ：だけど、日本に来ている外国人のなかには、
　　自分の国のやり方をおし通す⁴ようなんもけっ
　　こういると思わない？

Ｂ：それは、日本人のせい⁵でもあるんじゃな
　　い。自分の国ではこうしてるって言われると
　　縮こまっ⁶ちゃうでしょう。日本のやり方を
　　ぴしっと⁷相手に納得⁸させるだけの説得力
　　がないのね。別に語学力がなくても、信念が
　　あれば、こっちのペース⁹に相手を引き込め¹⁰
　　るはずてしょう。

Ａ：それはいえるわね。どうもまだ、ぎくしゃ
　　く¹¹するのよね。

─────────

1．ばかにする：瞧不起，輕視。△人をばかにするな／不要
瞧不起人。　　2．ふんふん：（輕度應答聲）嗯。　　3．
聞き流す：當作耳邊風，充耳不聞。△そのことは聞き流して
おけ／那種事兒就當作沒有聽見算了。　　4．おし通す：堅
持到底，固執到底。△自分の意見をあくまでおし通す／始終
堅持己見。　　5．せい（所為）：原因，緣故，歸咎。△失
敗を人のせいにする／把失敗歸咎於別人。　　6．縮こまる：
抽縮。△恐ろしくて縮こまる／嚇得縮成一團。　　7．ぴ
しっと：沒有縫隙，非常嚴密貌。△ぴしっと呼吸（こきゅう）
のあったチームワーク／配合得十分有默契的合作小組。

B：剛開始他好像有種被愚弄的神情。不過，似乎已經習慣了，現在都是"嗯，嗯"聽過就算了。

A：可是，你不覺得來日本的外國人當中，有不少人堅持自己國家的作法？

B：這一點，有時也該歸咎於日本人。不是嗎？只要對方表示他們國家怎麼做，我們就往往畏縮不前了。是我們自己缺乏說服力，無法讓對方服服貼貼接受我們的作法。語言能力並不重要，只要有信念，相信對方應該配合我的步調才對！

A：說是可以這麼說。感覺上雙方還是有點格格不入。

---

8. 納得：理解、領會、信服。△心から納得がいく／心悦誠服。　9. ペース：步調、步伐。△相手のペースに巻き込まれた／受對方步調的牽制。　10. 引き込む：引進來，引誘進來。△彼を仲間に引き込む／拉他入伙。　11. ぎくしゃく：（言語行動）不圓滑，不靈活，生硬。△彼との関係がぎくしゃくする／跟他的關係不自然。

（二十四）うわさ話[1] Ⅰ

　人の悪口を言うのがストレス解消法[2]という人も、世の中にはたくさんいます。別に敵意があるわけではなく、ただ茶飲み話[3]に、そこにいない人を悪く言って、すっきり[4]するというわけです。

　女性同士、オフィスでの会話。

A：このごろ、良子って[5]、なんか[6]つんけん[7]してると思わない？

B：あなたもそう思った？わたしも。何よ、何様[8]だと思ってるのよって[9]、カリカリ[10]してたところ。どうかしてる[11]わよね。

A：この前もね、5時になったから「いっしょに帰らない」って誘ったの。そしたら「お先

---

1. うわさ話（ばなし）：閒聊，背後議論。　2．ストレス解消法：緊張情緒消除法。　3．茶飲み話：閒談，聊天。4．すっきり：舒暢，暢快。△すっきりした気持ち／心情舒暢。　5．って：等於"という人"。　6．なんか：即"なんだか"。（不知為什麼）總覺得，總有點。　7．つんけん：驕傲、不和藹、端起架子。△そんなにつんけんにす

（二十四）閒　話 I

　　社會上也有很多人以說人家的壞話來作
為消除緊張情緒的方法。他們並非懷有敵意，
只當作喝茶聊天的話題，在背後數落他人，
一吐為快。
　　女同事在辦公室的交談。

Ａ：你不覺得最近良子態度不和藹？

Ｂ：你也這麼認為？我也一樣。她算什麼。我說，
　　自以為有多了不起，那種驕傲的樣子，我看不
　　正常。

Ａ：前些日子，5點到了，我就邀她"一起回家
　　吧"。結果她一眼也不瞧，只說了聲"請你先

るな／別那麼老繃著臉。　　8．何様：哪位。多用於諷刺。
△どこの何様だか知らないが／不知哪裏的某位老爺。　　9．
って：我說。表示堅持己見。△わかってますって／我說，我
明白。　　10．カリカリ：驕傲貌。　　11．どうかして（い）
る：不正常，有問題，反常。△きょうは私どうかしているの
よ／今天我有點兒不對勁（精神不集中或身體不舒服等）。

にどうぞ」って言ったきり¹こっちを見よう
ともしない²のよ。

B：へえ。それであなた一人で先に帰ったの？

A：ええ。そうしようと思ってお化粧を直し
てたら、良子も帰り支度³して入ってきたの
よ。

B：ふうん。

A：それでさあ、いっしょに帰る気になったん
だなと思って、「なんだ⁴、仕事終わったの？」
って軽い気持ちで聞いたわけ。

B：それで？

A：そしたらさ、「仕事は終わったけど、ちょっ
と用事があるから」なんて言って、つんつん
⁵しちゃって、小走り⁶で先に行っちゃったの
よ。

B：ずいぶん⁷じゃない。何なのよ、それ。

1．～きり：只……（後來就……）。△去年見たきりです／
只去年見過一次（後來就沒再見過）。　2．～ようともしな
い：根本不想……。表示強烈的否定意志。△体が弱っている
のに、酒をやめようともしない／身體很衰弱了，但還不肯戒
酒。　3．帰り支度：準備回去，回去的準備。△帰り支度を
する／做回去的準備。　4．なんだ：什麼（呀），哎呀。對
意外的事態表示驚訝。△なんだ、誰かと思ったら君か／哎呀，

走"。

B：哦，那你就一個人先回家了？

A：嗯。我正打算那麼做，在（盥洗室）補妝，良
　　子進來了，她也準備要回家。

B：哦。

A：所以，我以為她想和我一道回家，就隨便問
　　她一聲："喲，工作完啦？

B：結果呢？

A：我這樣一問她就説："工作是做完了，不過
　　我還有點兒事"，端起架子，跨著快步先走掉
　　了。

B：眞差勁，這是什麼意思？

我以爲是誰呢，原來是你呀。　　5．つんつん：即"つんけん"。
驕傲，不和藹，端起架子。△高ぶってつんつんとしている／
高傲地擺臭架子。　　6．小走り：碎步急行，小步疾走。△
向こうから子供が小走りにやってきた／小孩從那邊快步走過
來了。　　7．ずいぶん：不像話，差勁。△借りたものを返
さないとはずいぶんな男だ／借了東西不還，這傢伙眞不像話。

Ａ：そうでしょう。わたしもむかっと[1]きて、だれかにこの話聞いてもらわないと、気が済まない[2]って感じだったのよ。

Ｂ：わかる、わかる。だけど、ホント、どうしたんだろうね。

Ａ：うわさ[3]によれば、彼女、キャリアウーマンの会とかいうのに入ったらしいのよ。

Ｂ：何、それ？

Ａ：つまり、仕事のできる女たちの集まり。

Ｂ：へえ、仕事に燃え[4]てるんで、わたしたちのようなただのＯＬ[5]とは付き合えなくなったってわけ？

Ａ：そんなところじゃないの。今度、総務部で取り組む社内一新プロジェクトのメンバーにも、紅一点[6]で彼女が選ばれたらしいし。

Ｂ：ふうん。ご立派[7]ねえ。でもさ、評判[8]は悪いわよ。

Ａ：何か言ってる人いるの？

1．むかっと：勃然大怒，火冒三丈。△その話を聞いてむかっとした／聽到那話，火冒三丈。　　2．気が済まない：不舒心，心情平靜不下來。△借金を全部返さないと気が済まない／不還清債，心情就平靜不下來。　　3．うわさ（噂）：

A：可不是嗎。我也火冒三丈，覺得不把它講出來給別人聽，心裏不舒服。

B：我了解，我了解。不過，到底是怎麼搞的？

A：聽說她好像加入了一個叫做什麼"職業婦女會"。

B：那是什麼玩意兒？

A：是能幹的職業婦女們的一種聚會。

B：哦，也就是說她們工作熱情高，不能和我們這種普通女職員交往嘍？

A：就是這麼回事吧。這次總務部推動的公司革新計劃，她是唯一被選上的女成員。

B：哦，眞偉大！不過名聲不佳。

A：有人說什麼嗎？

B：うちの部の男性社員なんか、「気取り屋[1]」
　なんて陰で言ってるもの。

A：ふうん。やっぱりねえ。

B：つんつんしすぎなのよ。

1．気取り屋：装腔作勢的人。

B：我們部門的男職員，在背後説她"裝腔作勢"。

A：哦，不出所料。

B：因為她太驕傲了。

（二十五）うわさ話 II

　昇給[1]と昇進[2]は、サラリーマンの最大の関心事。だれだって[3]、すんなりと[4]出世[5]の階段を上れればと[6]思っているわけです。ところが、口ではまるでそんなことに興味がないようにふるまう[7]人も、なかにはいるようです。そんな人話に耳を傾け[8]てみましょう。

　職場で、男性同士の会話。

A：おい、おい、総務の中田、今度、係長だってさ。驚いたなあ。おれたちより3期も下なのに。

B：べつに驚くことないだろう。いまは実力主義の世の中[9]だ。後輩だろうと、どんなに若かろうと[10]、優秀だったらどんどん[11]昇進させるって、この前の会議の時、社長が宣言してたじゃないか。

1．昇給：加薪，增加工資。　2．昇進：晉升，晉級。
3．～だって：等於“でも”。　　4．すんなりと：順利地，不費力地。△すんなりと勝つ／毫不費力地取勝。　　5．出

（二十五）閒　話Ⅱ

增加工資和晉升是薪水階級者最關心的事情。任何人都希望順利地步步高升。但是也有口頭上表示彷彿對這方面沒什麼興趣。讓我們來聽聽這些人是怎麼說的。

在公司，兩位男同事的對話。

A：喂喂，聽說總務科的中田，這一回升組長了。眞叫人感到意外。他比我們晚3期，竟……。

B：沒什麼大驚小怪的吧。現在是講求實力的時代。上一次開會的時候，總經理不是聲明過，不論晚輩或年紀多輕，只要是優秀的，就要不斷提升。

出世：(在社會上)成功，發跡。△あんな風では出世できないぞ／那種樣子不會有出息！　　6.～ばと：等於"ばいいと"。　7.ふるまう(振舞う)：(在人面前)行動、動作。△偉そうにふるまう／擺臭架子。　　8.耳を傾ける：傾聽，仔細聽。△大衆の意見に耳を傾ける／傾聽群衆意見。　　9.世の中：社會、時代。△今は原子力(げんしりょく)の世の中だ／現在是原子能時代。　　10.～うと、～うと：不管……也好，……也好……。表示對比假定的事項並加以強調。△学生であろうと、公務員(こうむいん)であろうと、法律(ほうりつ)は守らなければならない／不管是學生還是公務人員都要遵守法律。　　11.どんどん：接連不斷。△新人(しんじん)がどんどん出てくる／接二連三湧現出新人。

A：おまえ、くやしく¹ないのか。実力主義が
　きいてあきれる²よ。中田のどこができるっ
　て言うんだよ。いつもどじ踏ん³で、おれた
　ち営業がえらい⁴迷惑受けてるんじゃないか。

B：あいつのずうずうしい⁵ところがいいんだ
　ろ、きっと。ふてぶてし⁶さがないと、これ
　からの世の中人の上には立て⁷ないんだよ。
　そういう点で、彼は確かにすごい⁸と思うよ。

A：中田のおやじがうちの大口取引先の購買部
　長なの⁹、知ってるか。

B：ああ、知ってるよ。有名な話じゃないか。

A：要するに、そういうわけなのさ。この昇進
　劇の舞台裏¹⁰は。

B：コネ¹¹も実力のうち。しかたないさ。

A：やけに¹²クール¹³だなあ。

1．くやしい(悔しい)：(因失敗、受辱而)氣憤。△やつに馬
鹿(ばか)にされたと思うと実にくやしい／一想到受那傢伙的
愚弄就生氣。　　2．あきれる(呆れる)：感到驚愕，嚇呆，
發愣。△あきれてものが言えない／令人嚇呆，説不出話來。
3．どじ(を)踏む：搞糟，搞出不必要的失敗。　　4．えら
い(偉い)：嚴重，嚴厲。△えらい損害(そんがい)／很大的損
失。　　5．ずうずうしい(図図しい)：厚臉皮。△いくらず
うずうしくてもそんなことは言えない／臉皮再厚，也不會説
出那種話呀！　　6．小てぶてしい：厚臉皮，目中無人，毫

A：難道你不氣憤！什麼講實力，別開玩笑了。你説中田哪裡行？老是出紕漏，使咱們營業部增加很多麻煩，不是嗎？

B：那傢伙一定是臉皮厚吧。臉皮不厚，在今後的社會中，就無法爬到別人頭上去。這一點，他的確了不起。

A：中田的父親是咱們公司大客戶的採購部主任，你知道嗎？

B：當然知道，這件事不是出了名的嗎？

A：總之，這次升官劇的幕後就是這麼一回事。

B：有門路也是實力之一，沒辦法呀。

A：你倒很沉得住氣哩。

不客氣。△ふてぶてしい態度（たいど）を取る／採取目中無人的態度。　　7．人の上に立つ：站在別人頭上。　　8．すごい（凄い）：了不起，驚人。△すごい腕前（うでまえ）／驚人的本領。　　9．～なの：等於"なのだということを"。
10．舞台裏：後台，幕後。　　11．コネ（クション）：門路，後門。△コネで採用（さいよう）された／走後門被錄取了。
12．やけに：非常，很，特別。△やけに寒い／非常冷。
13．クール：冷靜，不關心。△クールな態度／冷靜的態度。

Ｂ：出世だけがすべてじゃないだろう。それに、結局は上の意向¹一つ²でおれたちの将来はどうにでも変わるんだからな。そんなことにこだわっ³ても、しかたないじゃないか。

Ａ：そりゃ、そのとおりだけどさ。おれはそう簡単に割りきれ⁴ないよ。

Ｂ：割り切ってるわけじゃないさ。おれだって中田のしてやったり⁵という顔を見るのは、たまらない⁶よ。ただ、周りが騒ぐと、やつはてんぐ⁷になるからな、無視⁸したほうが利口⁹だよ。

Ａ：それもそうだな。

1．意向：意向，意圖。△意向をただす／問清意圖。　2．〜一つ：(接在名詞後面，表示限定、強調)只。△身一つで脱出(だっしゅつ)する／一個人逃出來。　3．こだわる(拘る)：拘泥。△失敗にこだわる／拘泥於失敗。　4．割り切れる：想得通。△そんなに簡単に割り切れるものですかね／能那麼簡單地想通嗎？　5．してやったり：欺騙成功。△してやったりとほくそえむ／暗自微笑説，他上了我的當。

Ｂ：並不是成功發跡就是一切吧。再説，我們的
前途只按照上面的意思無論怎麼樣到頭來都會
變的，所以你即使在意也是沒有辦法，不是嗎？

Ａ：那的確。可是我並不是那麼容易想得通的。

Ｂ：我也想不通。看到中田那副得意的嘴臉，簡
直受不了。不過周圍的人一嚷嚷，這傢伙就很
自負，所以還是視若無睹比較明智。

Ａ：你説的可也是。

6．たまらない：忍受不了。△痛くてたまらない／痛得不得
了。　　7．てんぐ(天狗)になる：自負，驕傲。△一度や二
度ほめられたからといって天狗になってはいけない／不要因
為博得一兩次表揚就自負。　　8．無視：無視，忽視。△民
意(みんい)を無視する／不顧民意。　　9．利口：聰明，明
智。△この子はとても利口だ／這個孩子很聰明。

譯者簡介

姓　　名：王宏。

性　　別：男。

出　生　年：一九二五年生。

籍　　貫：台灣省彰化鹿港。

學　　歷：一九四四年上海東亞同文書院大學
　　　　　預科結業。
　　　　　一九四八年北京華北文法學院經濟
　　　　　系畢業。

專　　長：日語語法研究、中日語法對比研究
　　　　　及日語教學。

現　　任：上海外國語學院教授、日語系名譽
　　　　　主任、中國日語教學研究會會長。

主要著作：「日語助詞新探」「日語表達方式
　　　　　初探」「日語的時和體」「日語慣
　　　　　用語例解手冊」「日本入門」「日
　　　　　語商務會話」「日本人的生活」以
　　　　　及有關日語語法、中國日語教學等
　　　　　論文數十篇。

國家圖書館出版品預行編目資料

　　日語商務會話 / 高見澤孟, 元橋富士子原著;
　　王宏譯. --初版. --臺北市：鴻儒堂，民 81
　　　面；　公分
　　ISBN 957-9092-83-4(平裝)

　　1.日本語言-會話

803.188　　　　　　　　　　　　　　　　86012905

日語商務會話

本書附CD
CD書不分售　定價300元

中華民國八十六年十一月初版
行政院新聞局登記證局版台業字第壹貳玖貳號
登記證字號：局版臺業字1292號

譯　　　　者：王　宏
發　行　人：黃成業
發　行　所：鴻儒堂出版社
地　　　　址：台北市中正區100開封街一段19號
電　　　　話：三一一三八一〇、三一一三八二三
電話傳眞機：〇二三六一二三三四號
郵政劃撥：〇一五五三〇〇～一號

本書凡有缺頁、倒裝者，請逕向本社調換
日本アルク授權在台灣發行